KB041158

그럭저럭 노력하고 있습니다.

I do my best.

재의 마녀 일레이나

마법사 최고위인 「마녀」의 칭호를 가졌다.
「마법 총괄 협회」에서 아르바이트하고 있다.

©Azure

어른이 되어주세요.

미나
마법 총괄 협회에 소속해 있다.
「숯의 마녀」 사야의 여동생

이래 봐도 백 살이거든요.

마트리시카

여행하는 마법사.
불로불사의 육체를 가졌다.

©Azure

그녀들은 본래 서로 다른 곳을 향해 여행하고 있고, 그저 우연히 내 숙소에서 묵고 있을 뿐이니까요.

숙소는 만남과 이별을 반복하고.

마녀의 여행 18
THE JOURNEY OF ELAINA
CONTENTS

©Azu

마녀의 여행

THE JOURNEY OF ELAINA

18

Shiraishi Jougi

시라이시 죠우기

Illustration

아즈루

커버 및 본문 일러스트　아즈루

저는 가끔 기분이 내키면 마법 총괄 협회의 일을 돕기도 합니다.

마법 총괄 협회라고 하면 사야 씨를 비롯한 마법사분들이 소속된 조직. 마법이 얽힌 이런저런 일을 담당하는 조직입니다.

이 조직은 마법에 관한 문제를 다방면에 걸쳐 폭넓게 모집하고 있는 탓인지, 만년 일손이 부족한 경향이 있습니다.

그날 제가 방문한 나라의 마법 총괄 협회 지부도 그 예에 따라 일에 쫓기는 날들을 보내는 중이었습니다.

'마법이 얽힌 곤란한 일 모집!'이라고 쓰인 종이 옆에는, '문제를 해결할 수 있는 마법사님 모집!'이라는 글자가 적혀 있었습니다.

문제와 해결할 수 있는 사람을 동시에 모집한다고 하는 제법 모순적인 벽보 둘. 모집을 중단하면 일단 일손 부족은 해소될 텐데, 그것조차 눈치채지 못할 만큼 다망하기 그지없는 것이겠지요.

그나저나.

이런 때 도움을 주면 보수가 상당히 올라가기도 하는 법입니다.

그런고로.

"——그것참, 정말로 일손이 부족해서 죽을 만큼 곤란했다니까요! 마녀님, 고맙습니다! 당신은 우리의 구세주예요!"

"에헤헤."

한 나라의 마법 총괄 협회의 지부에서.

칭찬을 받고 실실 웃는 마녀가 그곳에는 있었습니다.

그것은 누구인가.

그렇습니다. 저입니다.

그런 연유로, 바로 일을 시작하도록 하죠.

마법 총괄 협회의 직원분이 "우리나라의 마법 총괄 협회 활동은 조금 특수해서……" 하고 이야기해주었습니다. 말하길, 이 나라에서는 얼마 전에 주변 나라의 마법 관련 고민 상담을 받는 부서를 세웠다고 합니다.

역시 마법에 관한 일이라면 뭐든 하는 조직.

"참고로 이게 최근에 들어온 투서들입니다."

기력 없는 직원분에 의해 제 앞에 투서들이 좌르르르르르 하고 눈사태처럼 쏟아져 내렸습니다.

우와아.

"돌아가도 될까요?"

"안 됩니다."

…………

도망칠 길이 일찌감치 막히고 만 저는 결국 평범하게 일을 수행하게 되었던 것입니다.

○

말하길, 이 나라에서 마법 총괄 협회의 특수한 활동이란 투서 하나하나에 적힌 사람들의 고민을 진지하게 마주하는 것이라고 합니다.

이 조금 특이한 직업은 투서 담당이라고 불리고 있다고 합니다.

일을 시작하고 저는 바로 이 일이 얼마나 힘든지 이해했습니다.

수가 평범치 않은 것도 힘든 이유 중 하나였습니다만.

"……이게 뭐야?"

그 이전에 내용이 내용인지라 저는 수도 없이 머리를 끌어안게 되었습니다. 그럼 여기서 제가 하루 만에 마주한 투서들과 저의 답변을 한번 보도록 하지요.

"──최근 사귀기 시작한 그의 패션이 너무 기발해서 곤란해요. 어떡하죠?"

당신도 기발한 패션에 물들어 보는 건 어떨까요?

"──내 연봉은 동년배의 평균 소득에 배 가까이 되는데 좋은 사람을 못 만나고 있다. 대체 뭐가 문제일까?"

연 수입 이외의 모든 요소가 전부 평균 미만이기 때문이지 않을까요?

"──46이라는 숫자가 어렴풋하게 머리에 떠올랐습니다. 머리에 떠올랐다는 것은 즉 숫자가 머리에 떠올랐다는 것인데, 이건 대체 무슨 숫자일까요?"

모릅니다.

등등.

본래 마법 총괄 협회라고 하면 마법에 얽힌 일들만 다룰 터인데, 보내진 투서의 대부분이 마법과는 아무런 관계도 없는 편지들이었습니다.

아마도 투서 내용에 아무런 제한도 걸려 있지 않은 탓일 테지요. 아무래도 어느 분이나 일단 고민을 보내면 된다고 여기고 계신 모양.

일단 지긋지긋해하면서도 저는 전혀 줄어들 기색이 없는 산 앞에서 조용히 투서 하나하나에 답신을 써나갔습니다.

"후후…… 일레이나 씨, 어때? 일은 잘돼 가?"

마법 총괄 협회의 직원분이 업무 중인 제 어깨에 손을 올렸습니다.

저는 "어디 가?"라고 적힌 투서에 "조금, 멀리까지"라고 답신을 쓰면서 고개를 들었습니다.

"잘돼 가는 걸로 보입니까?"

제 눈앞에는 변함없는 투서의 산.

그것참 전혀 줄지를 않았네요. 아니, 오히려 점점 늘어나는 것 같은 기분조차 들기 시작했습니다만.

"미안해. 또 늘어서……."

촤르르르르. 제 앞에서 다시 눈사태가.

늘어나는 것 같은 기분이 든다고 했는데, 평범하게 늘어났습니다. 무슨 짓이지?

저는 찌릿 하고 직원분을 바라보았습니다만.

"우리한테 오는 투서, 전부터 전혀 줄지를 않아……."

한숨을 내쉬는 직원분. 그러면서 동시에 제 어깨에 손을 올리고서 격려해주었습니다.

"솔직히 말해서 일레이나 씨는 아직 괜찮은 편이거든? 그게,

아직 고정 팬이 없잖아."

고정 팬, 이라니……?

투서와는 그다지 인연이 없어 보이는 단어에 고개를 갸웃거리는 저.

직원분은 말했습니다.

"사실 이 나라의 투서 시스템은 조금 특이해서…… 상담 상대를 지정하는 게 가능하거든."

이 나라의 마법 총괄 협회 지부에서 일하는 직원들은 전부 고민 상담의 전문가. 온갖 사람들의 고민과 마주하며 세심하게 해결까지 이끈 실적이 있다고 합니다.

그런 활동을 해온 지 수십 년.

어느샌가 어떤 상담이든, 어떤 나라에서든 받아주게 되었고, 그리고 이러한 참상이 벌어졌다나요.

………….

아니 아니 아니.

"평범하게 거절하면 되는 게 아닌지……?"

"고민하는 사람을 내버려 둘 수 없어서……. 게다가 이 투서에는 가끔 팁이 들어 있기도 하고……."

"완전히 돈에 눈이 먼 거 아닙니까?"

"참고로 인기 투서 담당자가 되면 될수록 고정 고객이 늘어나고, 고객의 팁을 더 받을 수 있다고 하는 시스템이야."

"시커멓네요이투서운영."

"일레이나 씨도 잘해 봐. 인기 투서 담당자는 모두 재미있는 캐릭터를 만들어서 고정 고객을 잡고 있으니까, 일레이나 씨도 참고해봐."

참고로 제 눈앞의 직원분은 포용력 있는 고민 상담 언니라는 캐릭터로 영업하고 있다고 합니다.

참고로 제 눈앞의 그녀는 가로 폭이 제 배 정도 되는 지나치게 자유로운 체형의 소유자입니다. 확실히 포용력이라고 하면 포용력이네요. 거짓말은 하지 않았습니다. 그녀를 지정해 투서를 보내는 분들이 상상하는 모습과는 전혀 다를 것 같은 기분이 들지 않는 것은 아니지만 말이죠.

"참고로 고정 고객이 붙으면, 한 명 한 명의 이름과 성격을 기억해주지 않으면 삐치니까 주의해."

나는 이 일을 시작하고 스트레스로 체중이 줄어버렸어, 하고 한탄하면서 도넛을 우물우물 먹었습니다. 행복해 보이네요.

"……요컨대 고정 고객이 붙으면 성가셔진다는 말인가요……."

포용력 있는 직원분은 고개를 끄덕였습니다.

"맞아. 뭐, 일레이나 씨는 임시로 들어온 거니까, 고정 고객이 지나치게 붙지 않도록 가볍게 일하는 편이 좋을 거야."

"과연."

"도넛 줄까?"

"고맙습니다."

그렇게 저는 영양 보충을 하고서 그녀의 충고를 따르는 형태로 투서에 답신을 쓰기로 했습니다.

그건 그렇고.

친절하게도 도넛을 베풀어주신 포용력 넘치는 투서 담당자는 제게 마법의 말을 하나 가르쳐주었습니다.

말하길, 그것은 이 주변 나라에 전해지는 금기의 말.

최대급의 모욕과 거절의 의미가 담긴 말이며, 그리고 동시에 이 말을 뱉은 순간 적대하게 되는 무시무시한 말이라고 합니다.

그야말로 지금 제 상황에 딱 들어맞는 말이 아닐까요?

저는 산에서 투서를 집어 읽기 시작했습니다.

"──최근, 내 얼굴이 너무 멋져서 곤란합니다. 이대로라면 같은 학교의 여자아이들이 모두 나한테 반해버릴 것 같은 예감이 듭니다. 그렇게 되면 여자아이들의 사이가 험악해질 게 틀림없습니다. 나는 대체 어찌하면 좋을까요?"

과연.

바로 마법의 말이 나설 차례로군요.

저는 의기양양하게 펜을 들고, 단 한 마디를 적고, 그리고 소리 내 말했습니다.

"퍽큐."

○

그 말이 대체 어떠한 의미를 가진 말인지는 잘 모르겠습니다만, 일단 모욕의 의미로 통하는 것은 틀림없나 봅니다.

그러한 답신을 보내게 된 후부터 제게 "실례잖아!" "사과해!"

"상처받았어요. 두 번 다시 투서 안 보내!"라는 불만 투서가 하나둘 들어오게 되었으니까요.

이 상태로 가면 투서가 줄어들 것이 틀림없겠네요!

"…………"

그렇게 의욕에 불타고 있었습니다만.

현실은 언제나 예상하지 못한 방향으로 굴러가는 법입니다.

신기하게도, 어째서인지 날이 가면 갈수록 투서 담당자로 저를 지정하는 투서가 늘어나기 시작했습니다. 게다가 팁을 넣은 투서까지 전달되는 지경.

무려 비판을 가볍게 뛰어넘을 정도의 고정 고객이 생기고 말았던 것입니다. 그 결과, 제 눈앞에는 투서의 탑이 우뚝 솟아오르게 되었습니다.

"……어째서?"

전전긍긍하는 저.

그런 제 어깨를 툭 두드리면서 포용력 넘치는 투서 담당자는 "고정 고객, 생겨버렸네……" 하고 먼눈을 했습니다.

보니, "이런 조잡한 투서 담당자는 본 적이 없다" "오히려 재밌다" "한 바퀴 돌아서 이건 가능" "비난받고 싶어"라는 희한한 기호를 가진 사람들에게 저의 조잡한 반응이 꽂혀버렸나 봅니다.

포용력 넘치는 투서 담당자는 상정한 것과는 전혀 다른 방향으로 질주해버린 제가 맞이한 말로―― 탑을 올려다보며 말했습니다.

"뭐, 그…… 조만간 질릴 거라고 보니까, 그때까지 같이 힘내자……."

"…………."

저는 조용히 답했습니다.

퍽큐.

제 1 장

우르르르릉…… 쾅!

창밖에서 천둥이 쳤습니다. 아, 이 얼마나 운치 없는 직접적인 표현인가요. 어쩌면 나는 조금 냉정하지 못한 건지도 모르겠군요.

"아빌리아, 얼른 씻지 않으면 감기 걸려."

언니에게 불려 뒤를 돌아보자, 보송보송한 수건이 툭 건네졌습니다. 나는 "고맙습니다" 하고 감사 인사를 하면서 다시 창밖으로 시선을 돌렸습니다.

내 비취색 눈동자가 반사하고 있는 창. 그 너머에서는 쉼 없이 비가 쏟아졌고, 그리고 공복 상태인 위장처럼 우르르르릉 하는 천둥소리가 밤의 어둠 속에서 으르렁댔습니다. 다시 운치 없는 표현을 하고 말았군요. 하지만 이건 어쩔 수 없는 일입니다.

"히이익……."

왜냐면 나는 지금, 천둥에 몹시 겁을 먹고 있으니까요!

"무서우면 안 보면 되잖아……."

어이없어하며 하얀 머리카락을 말리는 언니.

"그나저나 다행이야. 그대로 밖에 있었다면, 천둥이 치는 중에 쭉 빗자루를 타고 날아야 했을 테니까."

숙소가 있어서 살았어——하고 한숨을 내쉬면서, 빗물에 젖어 무거워진 옷을 벗는 언니.

새로운 고향을 찾는 나와 언니의 여행에 문자 그대로의 의미

13

로 검은 구름이 몰려든 것은 조금 전, 오늘 저녁 무렵의 일이었습니다.

"어쩐지 날씨가 안 좋답니다." "그러게."

그렇게 둘이 빗자루에 나란히 앉아 있던 때의 일이었습니다. 펼친 지도 한가운데에 툭 빗방울이. 위를 올려다보니 납빛 하늘. 그리고서 마치 미리 짜기라도 한 것처럼 일제히 비가 쏟아져 내렸습니다.

우리는 당황하며 허둥지둥 비를 피할 곳을 찾았습니다. 마침 그때 보인 것이 이 건물. 숲속에 우뚝 선 낡은 숙소였습니다.

비를 피할 수만 있으면 뭐든 상관없다며 우리는 곧장 이 숙소 문을 두드렸고.

"갑자기 비가 쏟아져서 필시 큰일이었을 테죠. 자, 어서 들어오세요. 최고급 방을 준비할게요."

그렇게, 우리의 참상을 보자마자 순간적으로 모든 걸 알아차린 호스피탈리티 넘치는 접수처 직원에게 최상층의 열쇠를 건네받았습니다.

참고로 최상층은 방이 하나밖에 없는가 봅니다. 이미 이 시점에서 상상을 초월하는 부유한 공간이 펼쳐져 있을 것이 틀림없다며 기대로 가슴이 부풀었습니다만, 하지만 잠시 기다려주십시오. 냉정해집시다.

아무래도 최상층쯤 되면 나름대로 가격이 나가지 않을까요?

그 사실을 깨달은 우리는 싼 방이어도 상관없다고 이야기했습니다. 그러나 여기서도 발휘되는 것이 매우 뛰어난 호스피탈리티.

"손님께서 지내기 편한 곳을 제공하는 것이 저희의 일입니다."

무려 일반 요금이면 된다고 합니다. 나이스 호스피탈리티.

우리는 결국 접수처 직원의 호의를 받아들이는 형태로 열쇠를 건네받고, 돈을 냈습니다.

"여기, 제법 인기 있는 숙소인가 봐──."

서둘러 들어온 탓에 숙소 안의 상황을 제대로 살피지 못했습니다만, 라운지에는 다양한 사람의 모습이 있었습니다.

예를 들어보면 그것은 "딱 좋은 때려나……" "지금은 어떻습니까?" "아직 때가 아니야……" 등등, 소곤소곤 이야기를 나누는 수상한 남자들이거나.

"오호호. 너희, 그거 아니? 이 가게는 내 어머니의 어머니의 또 그 어머니의…… 어머니? 가 어릴 때부터 운영되어온 숙소거든. 과거엔 너무나도 멋져서 흡혈귀가 드나드는 가게라고 불렸을 정도로……."

혹은 장황하게 깊은 지식을 늘어놓는 아가씨거나.

"역시 아가씨!" "박식해." "너무 박식해서 말도 나오지 않아……." "박식이란 그야말로 아가씨를 위해 존재하는 말이야."

그리고 아가씨를 박식하다는 말만으로 칭찬하려 하는 남자들이거나.

"후후후…… 저기, 그거 알아? 이 가게, 비밀 메뉴로 그걸 팔고 있대……." "그거라니, 뭔데?" "생고기……." "수상쩍은 느낌으로 말하지 마……."

혹은 음식 이야기를 하며 가슴 두근거리는 젊은 여성 둘이거나.

"너희! 그만둬! 이 가게엔 무서운 흡혈귀가 나왔다고 하는 일화가 있다고! 흡혈귀의 먹이가 되고 싶지 않으면 지금 당장 나가야 해!"

라며 주변에 필사적으로 주의를 환기하는 사람이거나.

좋게도 나쁘게도 상당히 성황이라고 할 수 있지 않을까요? 거리에 자리한 숙소라면 몰라도, 이런 숲속의 가게에까지 일부러 걸음을 옮기는 분이 많다는 것은 나름대로 이름이 알려진 유명한 곳이라는 뜻입니다.

이건 저녁 식사도 무척 기대되는군요.

후헤헤…….

"아빌리아, 이상한 얼굴을 하고 있어."

언니가 바로 내 뺨을 꾹 눌렀습니다.

이런, 실수. 살짝 흥분하고 말았습니다.

"저희 가게에 병설되어 있는 레스토랑은 최고급으로 유명한 곳이라, 오로지 식사를 하기 위해 일부러 멀리서 찾아오는 분도 계시답니다."

접수처 직원은 아무래도 내 모습에서 속마음을 알아차린 것일 테지요. 특별히 설명해주었습니다. 나이스 호스피탈리티.

"레스토랑은 이제 곧 개점합니다. 옷을 갈아입고 꼭 방문해주세요."

그 차림 그대로는 감기에 걸릴 테니까요——하고 접수처 직원은 우리에게 각기 여분의 수건을 건네며 말했습니다.

마치 조금 전까지 햇볕에 널어놓았던 것처럼 보송보송한 감촉과 마음 편해지는 향기, 그리고 따뜻한 느낌이 손에 부드럽게 실려 왔습니다.

이 무슨 마음 씀씀이인지. 우리는 이미 접수처 직원의 포로였습니다.

"흡혈귀는 매료라는 힘을 갖고 있다!"

접수처 직원에게 감사 인사를 하고 방으로 향한 직후였습니다. 갑자기 우리의 앞길을 가로막은 것은 장년의 남성. 누군가 했더니 조금 전에 주변 사람들에게 반복해서 주의를 환기하던 분이었습니다.

아무래도 주변의 반응이 너무 없어서 우리가 있는 곳까지 흘러온 모양입니다.

"흡혈귀를 만나면 어떻게 되는지, 알아? 피를 빨리고, 권속이되고, 그리고 무려 죽을 때까지 흡혈귀의 노예로 일하게 된다고!"

아아, 이 얼마나 무서운 일인가! 하고 남성은 말했습니다. 그손에는 책이 한 권. '절대로 흡혈귀를 불러들이지 않는 책'이라고합니다. 상당히 싫어하나 봅니다.

"이 숙소는 150년도 더 전에 흡혈귀가 나왔다고 하는 이야기가 있는 숙소다. 반쯤 장난삼아 묵을 곳이 아니야!"

쫄딱 젖은 우리를 보고 용케도 장난삼아라는 말을 하는군요.

"어디까지나 옛날에 흡혈귀가 나왔다는 이야기라면 경계할 필요도 없다고 생각한답니다."

나는 딱 잘라 답했습니다.

이런 건 애매한 얼굴을 하고서 고개를 끄덕이면 끝날 줄 모르고 계속해서 이야기하려고 들기 때문에, 조금 차갑게 대하는 것이 딱 좋습니다.

이게 여행의 지식이라는 겁니다. 에헴.

"멍청한 놈!"

그러나 흡혈귀 혐오자는 몹시도 험악한 기세로 화냈습니다.

"너희는 최근 도는 소문을 모르는 거냐!"

——라면서.

최근 도는 소문? 하고 나와 언니가 동시에 고개를 갸웃거리자, 흡혈귀 혐오자는 "정말이지 요즘 젊은 것들은……"이라는 흔한 수식어와 함께 이야기해주었습니다.

말하길, 요즘 들어 이웃 여러 나라에서는 흡혈귀 목격담이 끊이질 않는다고 합니다. 밤의 어둠 속을 날아다니는 흡혈귀. 사람들은 그 모습에 공포를 느끼고 잠들지 못하는 밤을 보내고 있다고 합니다.

그리고 바로 며칠 전의 일.

근처 나라에서, 흡혈귀가 이 숲을 향해 가는 것을 상인이 목격했다고 합니다——.

"즉, 소문이 맞는다면 흡혈귀는 지금 이 숙소에 잠복해 있다는 거다! 그런데 이 숙소에서 묵는다고? 너희는 바보냐!"

나는 빨리 옷을 갈아입고 싶다고 생각했습니다.

그리고 완전히 이야기에 질려버린 나를 대신해 흡혈귀 혐오자에게 답하는 것이 친애하는 나의 언니였습니다.

"하지만 아까 주의를 환기했잖아요? 제대로 된 흡혈귀라면 그 시점에서 이 숙소에 있는 건 위험하다고 여기고 나가지 않을까요?"

그러니까 괜찮을 거라고 봅니다, 하고 언니는 말했습니다. 정론과 함께 은근슬쩍 흡혈귀 혐오자의 행동에 대한 두둔도 잊지 않는 마음 씀씀이. 내가 흡혈귀 혐오자의 입장이었다면 이 시점에서 생애를 언니에게 바치리라 맹세했을 것입니다.

"…………."

흡혈귀 혐오자는 입을 다물었습니다.

다문 후에.

"에잇! 시끄러워! 아무튼 너희도 목숨 아까운 줄 알면 당장 여기서 나가!"

매우 막무가내인 말을 했습니다.

언니에게 이 무슨 불손한 말을!

──우르르르릉…… 쾅!

마치 내 분노를 체현한 듯한 천둥이 창밖에서 울려 퍼졌습니다. 분노로 자신을 잃을 뻔했지만 나와 언니는 이제 막 숙소에 왔습니다. 옷은 젖었고, 이런 아저씨 상대로 잡담을 나누고 있을 틈은 없습니다.

"언니, 방으로 가죠."

"아, 응. 그래."

그리고 나는 언니의 손을 잡고서 최상층의 스위트한 방으로 향했습니다.

"어이! 너희 내 충고를 무시할 셈이냐!"

뒤에서 울리는 흡혈귀 혐오자의 고함은 점점 멀어져갔습니다.

"연장자의 충고도 듣지 않는 어리석은 놈! 너희 따위 흡혈귀한 테 피를 빨려버려라아아아아아!"

최종적으로는 흡혈귀에 의지하는 욕설이 천둥소리보다도 훨씬 요란스럽게 울렸습니다.

……그러한 경위를 거친 후.

우리는 드디어 방에서 몸을 말릴 수 있었습니다.

보송보송한 수건은 금세 우리의 차가운 몸을 데워주었습니다.

노곤해.

"흡혈귀라……."

옷을 다 갈아입은 언니는 젖은 머리카락을 말리면서 중얼거렸습니다.

"아빌리아, 그런 게 정말로 있을 거라고 봐?"

실재하는지 어떤지는 둘째 치고.

"존재하는 편이 로망은 있다고 생각해요."

그렇게 답하면서 나도 옷 갈아입기를 마쳤습니다. 서로 얼마 전 방문했던 나라에서 산 새 옷을 걸치면서.

"하지만 새 옷이 더러워지는 건 곤란하니까, 가능하면 없는 편이 감사하답니다."

그렇게 대꾸했습니다.

옷에 피가 묻어버리면 큰일이니까요.

그렇게 한창때의 여자아이다운 걱정을 해보았습니다.

대략 그런 대화를 나눈 직후였을까요?

쿵쿵쿵! 누군가가 우리가 묵는 방의 문을 다급하게 두드렸습니다. 그것은 대체 누구일까요? 우선 호스피탈리티 씨는 아니리라는 것은 분명했습니다.

네에 하고 언니가 대꾸하자, 이번에는 문이 다급하게 열렸습니다.

"우, ㅇㅇㅇㅇ⋯⋯."

그 너머에 있던 것은 한 여성이었습니다.

쇼트커트의 옅은 갈색 머리카락. 몸에 걸친 것은 트렌치코트. 그리고 양손은 각각 귀여운 손 인형에 감싸여 있었습니다.

보니, 그것은 조금 전 라운지에서 레스토랑의 개점을 기다리던 여성 손님 중 한 명이 아닙니까?

대체 손님 중 한 명이 무슨 용건일까요── 우리가 얼굴을 마주 본 직후에 그녀는 당장에라도 울음을 터뜨릴 것 같은 목소리로 말했습니다.

"⋯⋯구해줘."

우리 언니를, 구해줘──라고.

──우르르르릉⋯⋯ 쾅!

창밖의 천둥소리가 사건의 중대함을 과장되게 표현하듯 울려 퍼졌습니다. 그런 소란스러운 공기 속에서 언니는 바로 양손 손 인형이라는 기묘한 여성을 방으로 불러들였습니다.

처음 보는 데다 이상한 차림을 한, 뭔가 심상치 않은 사정을 갖고 있는 여성. 그녀는 어디의 누구이고, 무슨 목적인가. 자세한 이야기를 듣기 전에, 언니의 양손은 손 인형 하나를 감쌌습니다.

아마도 언니는 눈앞의 여성을 믿을지 말지 같은 건 생각도 하

21

지 않았을 테지요.

언니는 매우 자연스럽게 미소를 지으면서 말했습니다.

"곤란한 사람이 있으면 돕는 게 여행자의 의무지."

○

"사실 나는 흡혈귀인데."

앗, 사람이 아니었습니다.

잠깐 무슨 말을 하는 건지 잘 모르겠는데 하고 나와 언니가 얼굴을 마주 보는 사이에 눈앞의 그녀는 양손의 손 인형 입을 재주좋게 뻐끔뻐끔 움직이면서 "내 이름은 신시아. 흡혈귀 자매의 여동생이야" 하고 자기소개를 했습니다. 오른손에 장착한 손 인형은 눈앞의 그녀와 똑같은 쇼트커트에 연한 갈색 머리카락. 그리고 트렌치코트를 입고 있었습니다.

"그리고 내 이름은 오로넬라. 흡혈귀 자매의 언니지."

입을 뻐끔뻐끔하는 왼손의 손 인형. 신시아 씨와 같은 연한 갈색 머리카락의 장발 여성이었습니다.

말하길 이쪽의 여성도 흡혈귀라고 합니다.

그렇구나.

아니 아니 아니.

"실례합니다. 무슨 말을 하는 겁니까?" "응, 미안. 나도 좀 이해가 안 되는데."

역시 무슨 말을 하는 건지 잘 모르겠는데 하고 나와 언니는 다시 얼굴을 마주 보기에 이르렀습니다.

"잠깐 잠깐! 너희는 대체 어떤 교육을 받은 거지? 다른 사람 말은 한 번에 제대로 들으려고 노력해야지."

혼났습니다.

두 손 인형 사이에 있는 얼굴이 뾰로통하게 부풀어 올랐습니다.

흡혈귀가 나온다고 위협당한 직후에 나오는 흡혈귀가 어디 있습니까.

그보다도 우리가 보기엔 애초에 눈앞에 있는 신시아 씨라는 사람이 흡혈귀라는 증거는 어디에도 없습니다. 나름대로 귀여운 생김새의 한 여성처럼 보일 뿐입니다.

"애초에 당신은 정말로 흡혈귀야?"

그래서 언니가 장난스러운 느낌으로 그런 말을 던진 것도 당연한 일이었습니다.

"오호라. 내가 흡혈귀인지 어떤지가 의심스럽다는 거지? 좋아. 그럼 네 어깨를 빌려줘 봐. 내가 쪼옥 해줄게."

뭐? 하고 언니가 살짝 경계했습니다.

"저기, 쪼옥이라니 뭐야?"

자칭 흡혈귀인 신시아 씨는 대수롭지 않게 답했습니다.

"피를 빨 뿐인데."

즉, 그것은 요약하자면 이 흡혈귀는 지금 언니의 어깨에 달라붙어 피를 빨아줄까? 하고 말한 것입니다.

우르르르릉…… 쾅!

충격적인 사실에 놀란 이 세계가 천둥소리를 울렸습니다. 나는 언니를 지켜야만 한다는 의무감에 이끌려 일어났습니다.

"언니. 이 흡혈귀를 지금 당장 창밖으로 던져버리죠."

"응. 아직 이야기를 듣던 중이니까 앉을래? 아빌리아."

"네."

슬쩍——하고 나는 자연스러운 흐름으로 다시 자리에 앉았습니다.

그리고서 자칭 흡혈귀 씨는 지금까지 일어난 일, 이라기보다 그녀들이 이 숙소에 다다르기까지의 경위를 들려주었습니다.

말하길 그것은 몇 개월 전까지 거슬러 올라간다고 합니다.

우선 대전제로서 신시아 씨는 흡혈귀 마을의 시골스러움에 싫증이 나서 도시로 나온 손 인형 탐정이라고 합니다. 손 인형 탐정이란 무엇인가. 뭐, 그녀의 외모로 왠지 모르게 대략적인 짐작은 됩니다만, 아무튼 그녀는 흡혈귀면서 능숙하게 인간 세상에 녹아들었다고 합니다.

그러나 지금으로부터 얼마 전.

시골을 뛰쳐나간 여동생을 걱정한 언니인 오로넬라 씨가 그녀를 데려가려고 바깥세상으로 나왔다고 합니다.

보기 좋게 잡힌 신시아 씨는 도망치긴 틀렸다며 단념했고, 그 결과 본가로 돌아가기로 했습니다.

그런데 그 후로 어느 정도 시간이 지난 지금.

여전히 두 사람은 본가가 있는 흡혈귀 마을로 돌아가지 못하고 있었습니다. 흡혈귀 마을은 상당히 시골이라고는 해도, 거리적으로 이미 한참 전에 흡혈귀 마을에 도착했어야 했을 터입니다.

그런데 대체 어째서 두 사람은 아직까지 인간 세상에 있는 것일까요?

"저기, 신시아."

"언니, 왜?"

"인간 세상, 재미있지 않니?"

"그러니까."

그렇게── 두 사람은 인간 세상에 푹 빠졌던 것입니다.

그 이후 어찌 되었는가 하면, 두 사람은 인간 세상에서 재회한 후에도 날이면 날마다 정신없이 놀았습니다. 그렇습니다. 시골 출신에게 있어 도시 생활은 오래전부터 줄곧 바랐던 동경.

꿈에서조차 보았던 반짝반짝한 날들은 두 사람에게 귀향이라는 목적을 빼앗아 가기에 충분했습니다.

두 사람이 돌아가는 길에는 셀 수 없을 정도의 유혹이 기다리고 있었던 것입니다.

꺅꺅 우후후 룰루랄라한 매일이 그녀들을 기다리고 있었습니다.

일단 밤의 거리로 나오면.

"아하하." "우후후."

그렇게 즐겁게 서로 웃고, 그리고 매일같이 맛있는 식사를 하면서 역시 도시는 최고라고 절절하게 느꼈다고 합니다.

그나저나 두 사람은 흡혈귀라고 했는데, 식사란 과연 어떤 것이었을까요?

저는 이야기에 끼어들었습니다. 신시아 씨는 "아하하" 하고 웃었습니다.

"흡혈귀니까 식사는 전부 피일 거라고 생각했어? 아냐 아냐. 우리도 평범한 인간과 같은 식사를 즐기는 것 정도는 가능해. 방금 말한 맛있는 식사라는 건, 평범하게 레스토랑에서 먹은 요리였어."

그렇군요 그렇군요.

"인간의 피는 가끔만 섭취하니까 안심해."

응?

형세가 좀 바뀌었습니다. 언니도 나와 같은 것을 느꼈을 테지요.

"저기…… 인간의 피도 마신 거야……?"

그리 물으면서, 은근슬쩍 셔츠의 단추를 하나 더 채웠습니다.

그러자 신시아 씨는 아니 아니 하고 고개를 저었습니다.

"이런, 혹시 우리 자매가 아무나 가리지 않고 피를 빤다고 생각한 거야? 후후후, 안심해."

"그래?"

"사실 이래 봬도 우리는 미식가거든. 기본적으로 귀여운 여자아이만 노려."

"그래."

언니는 내 옷의 단추를 채우면서 고개를 끄덕였습니다. 내가 노려지는 일이 없게 하기 위한 배려. 그런 언니의 무심한 다정함에 내 가슴이 두근두근 설렜습니다. 이건 사랑?

"앗, 안심해! 우리는 언제나 제대로 동의를 얻은 다음에 마시니까."

"그런가요? 참고로 우리는 피를 빨아도 된다는 허가는 절대 내리지 않을 셈이니 양해해주세요."

나는 미리 딱 잘라 거절해두었습니다.

뭐, 아무래도 우리 피를 원하는 것처럼은 보이지 않습니다만.

"쳇."

원하고 있었던 거군요.

도와달라며 방에 들어와 놓고 대체 얼마나 뻔뻔한 겁니까. 대체 어떤 교육을 받아온 겁니까.

"한동안은 그런 식으로 쾌적한 도시 생활을 만끽했지. 하지만 말이야, 역시 우리는 흡혈귀. 인간 세상에선 이물질일 뿐이었나 봐——좋게든 나쁘게든 우리는 점점 사람들에게 흡혈귀로 인지되었고, 주목을 받게 되었어."

원래는 손 인형 탐정으로서 인간 세상에 잠입했던 신시아 씨. 그리고 그런 그녀를 데리러 온 오로넬라 씨. 두 사람이 눈에 띄는 것은 자연스러운 일이라고 할 수 있었습니다. 하나같이 절세미인이니까요.

그리고 나라에서 나라를 건너는 미인 흡혈귀 자매의 소문은 점점 퍼져나갔고, 입국할 때마다 밤거리를 걸을 때마다 그녀들에게 말을 거는 사람이 생겼습니다.

"저기! 당신들이 소문의 그 흡혈귀 자매지?!"

그것은 그녀들의 소문을 들은 사람이거나.

"신시아, 오랜만이야! 기억해? 나야!" "헬로! 3주 만이잖아! 나 기억해?"

혹은 이전에 신세를 졌던(피를 빌렸다는 의미에서) 여성이거나.

"저기, 너희. 괜찮으면 근처 바에서 같이 한 잔 안 할래? 쏠게."

"당신들! 흡혈귀 자매라며……? 너무 멋져…… 좋아……."

혹은 그녀들의 아름다움에 매료된 남자들이거나.

그것은 언제나 사람들에게 주목을 받는 날들이었다고 합니다.

두 사람은 그런 인파 속에서 언제나 웃고 있었습니다. 아마도 "도시는 즐거워!" 정도로만 생각했을 테지요.

"그것참, 그때는 정말 즐거웠지……."

그런 말을 진지하게 하고 있으니까요.

그러나 사람 수가 많으면 많을수록 트러블도 생기는 법입니다.

"얼마 전에, 그런 날들에 끝을 고하는 일이 일어났어……."

어쩌면 탐정으로서 활약했던 적이 있는 탓에, 눈에 띄는 일에 대한 저항이 없어졌던 것인지도 모릅니다.

어쩌면 그래서 사태의 심각성을 깨닫는 것이 늦어졌는지도 모릅니다.

"사실 얼마 전부터, 검은 복장의 남자들이 우리를 노리기 시작했어──."

그 남자들은 어느 날 갑자기 나타났다고 합니다.

온몸을 검은 옷으로 감싸고, 얼굴은 마스크로 가린 남자들. 그들은 오로넬라 씨와 신시아 씨를 거리에서 발견하자마자 라이플 총을 겨누었다고 합니다.

흡혈귀는 본래 인간에게 해를 끼치는 존재로 알려져 있습니다. 실제로 그녀들은 합의를 얻고서 피를 마시고는 있지만, 그러나 애초에 피를 빤다고 하는 행위는 옆에서 보면 해를 끼치는 광경 그 자체입니다.

그녀들이 흡혈귀라고 하는 사실이, 인간에게 노려지는 충분한 이유가 될 수 있을 테지요.

"얌전히 따라오면 나쁘게는 안 할게."

남자들은 말했습니다.

바꿔 말하자면 그것은 저항하면 험한 꼴을 당할 거라는 협박. 그러나 그런 놈들의 말을 듣고 따라가 본들 변변한 꼴은 못 보리라는 것쯤 상상하기 어렵지 않습니다.

"우와, 위험해."

그런고로 두 사람은 바로 도망쳤습니다.

그날을 경계로 두 사람은 가는 곳곳에서 검은 복장의 남자들과 마주치게 되었습니다.

어느 날은 거리에서 여자아이를 낚고 있을 때. 또 어느 날은 거리에서 여자아이를 낚고 있을 때. 그리고 또 어느 날은 여자아이를—— 아니 이 자매는 대체 얼마나 여자아이를 낚고 있는 겁니까.

"자랑은 아니지만 우리 자매는 여자아이들한테 꽤 인기가 있는 모양이거든……."

에헤헤 하고 어찌 되든 상관없는 정보를 가르쳐주는 신시아 씨.

아무튼 그런 날들 중에도 검은 복장의 남자들은 그녀들 앞에 나타났고, 그리고 역시 총을 겨누며 협박했다고 합니다.

그녀들은 지나치게 유명해지고 말았나 봅니다. 가는 곳곳에서 남자들과 마주치는 것은 분명 두 사람의 목격 정보가 너무나도 많았기 때문일 테지요.

탐정이니까, 좀 더 상상력을 발휘해야 했어……라며 지극히 제대로 된 말을 하면서 자신의 후회를 이야기하는 신시아 씨. 정말이지 그 말대로입니다.

그리고 그러한 그리 탐탁지 않은 사람들에게 찍히고 나자, 즐거웠던 날들이 마치 거짓이었던 것처럼 조용해졌습니다. 때로는 살금살금 거리를 걷고, 때로는 모습을 바꾸고, 그녀들은 마을에서 마을로 옮겨갔습니다.

적당한 때라고 느꼈습니다.

이윽고 두 사람은 본래 목적지였던 고향으로 향하는 여로를 나아가기로 했습니다. 지금까지 샛길로 새기만 했던 날들을 버리고, 곧장 돌아가기로 했던 것입니다.

그러한 날 중에 다다른 것이, 우리가 묵고 있는 이 숙소였습니다.

"하룻밤 묵고 바로 떠날 셈이었는데──."

그러나 우리가 있는 최상층까지 도움을 청하러 왔다는 것에서 알 수 있듯이, 여기서 문제가 하나 일어나고 말았나 봅니다.

그녀의 이야기에서 무슨 일이 일어났는지를 추측하는 것은 간단할 테지요.

"검은 복장의 남자들이 말이지, 우리 두 사람을 여기까지 쫓아온 거야."

역시나!

그럴 줄 알았습니다. 돌이켜보면 무언가 꿍꿍이를 가진 듯한 사람들도 숙소 라운지에 있었으니까요.

자신의 추리가 맞았다는 것에 자랑스러움을 조금 느끼면서 나는 후후후 하고 뻐기는 표정을 지었습니다. "이상한 얼굴이 됐어"라며 언니가 키득 웃었고, 신시아 씨의 이야기는 계속되었습니다.

"이 숙소의 레스토랑이 문을 열었고, 기다리던 다른 손님들과 마찬가지로 우리가 가게에 들어간 직후의 일이야. 남자들은 말이지, 가게 문을 막고 우리를 손님들과 함께 가뒀어."

재주 좋게 도망칠 길을 막은 남자들은, 가게 안에서 흡혈귀 자매를 뒤쫓았다고 합니다. 도망치는 두 사람과 사정을 봐주지 않는 남자들. 레스토랑 안은 금방 시끄러워졌습니다.

그리고 이윽고 신시아 씨가 한 남자에게 잡혔습니다.

직후였습니다.

"내 여동생한테 손대지 마!"

언니인 오로넬라 씨가 바로 구하러 왔습니다. 해방된 신시아 씨는 곧장 자신의 모습을 박쥐로 바꾸었습니다.

신시아 씨는 그대로 레스토랑에서 도망쳤습니다.

변신 능력은 체력에 여유가 있을 때, 즉 피가 충분할 때에 한해서 쓸 수 있는 힘입니다.

최근 들어서는 남자들에게 계속 쫓겼던 탓에 제대로 피를 마시지도 못했습니다.

운 좋게 피를 마시게 해주는 사람과 만날 수 있었다고 해도.

"자. 신시아. 어서 마셔. 나 지금은 별로 목 안 마르거든." "그다지 내 취향이 아니야." "후후, 이걸로 빚 하나 는 거야."

언니인 오로넬라 씨는 언제나 그런 식으로 말하면서 신시아 씨에게 피를 마실 기회를 양보했습니다.

그것이 여동생에 대한 배려였다는 것을, 그녀는 그때 깨달았습니다.

사실은 너무나도 목이 말랐을 겁니다. 너무나도 피를 마시고 싶었을 겁니다. 그래도 그녀는 마시지 않았던 것입니다.

"──미안, 잡혀버렸어."

돌아보니, 언니인 오로넬라 씨는 남자들에게 양손을 묶이고, 그리고 좁은 우리 안에 갇혀 있었습니다.

변신을 할 수 있을 만큼 피가 충분했다면, 분명 지금쯤 둘이 나란히 박쥐 모습으로 변신해 날아서 이 숙소에서 도망쳤을 테지요.

"나는 언니를 구하고 싶어. 구해야만 해. 그러니까……."

부디 피를 나눠줘. 부탁해.

신시아 씨는 양손에 낀 손 인형의 머리를 꾸벅 숙이며 말했습니다. 아주 맛있는 음식이 나오는 레스토랑 안에 손님 대부분이 갇혀 있습니다.

피를 나눠줄 수 있는 것은, 우연히 레스토랑 밖에 있던 나와 언니 정도일 테지요.

"…………."

언니는 짧은 한숨을 내쉰 후에 말했습니다.

"피를 주는 걸로 되겠어?"

힐끗 언니 쪽으로 시선을 돌려보니, 그 손에는 사벨이 들려 있었습니다.

흡혈귀라는 이유만으로 남자들에게 쫓기는 오로넬라 씨와 신시아 씨. 마음씨 착한 언니는 분명 그런 두 사람에게 도움의 손길을 내밀어 주고 싶은 것이리라 생각했습니다.

생각했던 대로, 역시 언니는 언니였습니다.

나는 웃고 말았습니다.

"뭐, 어차피 레스토랑이 수상한 남자들에게 점거당한 상태로는 저녁도 먹을 수 없을 테니까요."

배가 고픈데 곤란하군요――하고 나는 지팡이를 꺼내며 말했습니다.

우리 두 사람의 말이 뜻하는 바를 이해하기까지 신시아 씨는 시간이 조금 필요했나 봅니다.

몇 초 어리둥절해하며 눈을 깜빡인 뒤에 그녀는 "어…… 괜찮겠어……?" 하고 당황 섞인 목소리를 냈으니까요.

"괜찮고 말고 할 것도 없습니다."

나는 답했습니다.

그리고 언니의 말을 빌려, 이야기했습니다.

"곤란한 사람이 있으면 돕는 게 여행자의 의무니까요."

라고.

"우리 자매는 사람이 아니라 흡혈귀인데."

"멋진 대사를 망치지 말아주세요."

"그나저나 피도 마시게 해줬으면 좋겠는데……."

"딱히 말하지 않아도 그렇게 할 셈이었거든요."

일부러 말하는 점이 역시 뻔뻔하군요.

"피는 내가 주면 될까?"

신시아 씨에게 물으면서 언니는 옷 단추를 위에서부터 하나,

둘 풀었습니다. 망설이는 기색도 없이, 마치 그것이 당연한 일인 것처럼 목을 드러낸 다음.

"이런 느낌이면 돼? 빨 수 있겠어?"

그렇게 물었습니다. 평범하게 질문했을 뿐이지만, 어깨가 드러나 있는 탓인지 뭔가 묘하게 요염함이 넘쳤습니다. 빨려들고 말 것만 같은 하얀 피부가 노출되어 있었습니다.

············.

안 됩니다!

"언니, 이런 건 내가 할게요."

시간을 되감듯이 언니의 단추를 아래부터 잠그는 나. 그 흐름을 거쳐 내 옷 단추를 위에서부터 풀었습니다.

"자, 드세요. 신시아 씨."

내 어깨에서 피를 빠세요. 그렇게 말했습니다.

그러나 그 직후였습니다.

"아빌리아, 무슨 말을 하는 거야? 안 돼. 아픈 거 싫어하잖아?"

내가 단추를 몇 개 풀었을 때, 이번엔 언니가 내 옷 단추를 잠갔습니다.

서로를 아끼는 자매애. 이 얼마나 아름다운가요. 마치 이 세상의 천국인 듯한 광경이 그 후 몇 번인가 펼쳐졌습니다. 한편 눈앞이라고 하는 특등석에서 그 광경을 바라보고 있는 신시아 씨는 "딱히 어느 쪽이든 상관없는데"라는 몹시 실례인 감정이 그대로 드러날 만큼 어찌 되든 상관없다는 얼굴을 하고 있었습니다. 더 기뻐해주세요.

"내가 할게요."

"아니 아니 내가."

"아니 아니 아니 아니."

"아니 아니 아니 아니 아니 아니 아니 아니."

우리 자매는 그 후 한동안 서로의 단추를 서로 잠근다고 하는 이상한 행동을 계속했습니다.

그러나 그리고서 몇 번인가 거듭한 다음에, 그러고 보니 신시아 씨의 언니인 오로넬라 씨 쪽이 상당히 굶주린 채 피를 원하고 있으리라고 하는 사실을 떠올렸습니다.

아마도 이 흐름대로 가면 신시아 씨에게 피를 주지 않았던 쪽이 오로넬라 씨에게 피를 주게 될 테지요.

그리고 아마도 참을 수 없이 배가 고플 터인 오로넬라 씨는 상당한 양의 피를 흡입할 겁니다. 즉, 지금 피를 주는 쪽이 나중에 편할 테지요.

…………

"언니. 역시 이건 언니한테 양보할게요."

"아니. 이건 내가."

"아니 아니."

"아니 아니 아니 아니."

그리고서 서로의 단추를 서로 푼다고 하는 조금 전보다 훨씬 기묘한 행동을 거듭하는 우리.

얼마 후 나는 언니가 내 옷 단추를 풀고 벗기려 하고 있다는 사실을 깨달았습니다.

중요한 일인지라 다시 한번 쓰겠습니다.

언니가 내 옷 단추를 풀고 벗기려 하고 있었습니다.

"후헤헤."

그리고 내가 방심한 것은 말할 것까지도 없을 테지요.

"아, 또 이상한 얼굴을 하고 있어."

내 얼굴을 보고 키득 웃는 언니. 그리고 그런 한순간의 허를 찔러, 언니는 신시아 씨에게 눈짓을 했나 봅니다.

"오로넬라 씨한텐 내가 피를 줄 테니까."

싱긋 웃는 언니. 직후에 내 귓가에서 "쪼옥" 하는 신시아 씨의 목소리가. 그리고 신시아 씨는 내 어깨를 답삭 하고 조심스럽게 깨물었습니다.

"흐아아아."

어질어질했습니다. 온몸에서 힘이 빠져나갔습니다. 피를 빠는 중에 신시아 씨는 입을 떼고 속삭였습니다.

"우리한테 피를 빨리면 일시적으로 힘이 빠지니까 조심해."

그런 건 미리 말해줬으면 싶습니다만. 뭐, 됐습니다.

아픔과 간질거림의 중간 같은, 기묘한 감각이 내 어깨를 타고 전해졌습니다.

○

흡혈귀로서의 본래 힘을 아주 조금 되찾은 신시아 씨와 함께, 우리는 1층 레스토랑 쪽으로 향했습니다.

검은 복장의 남자들은 아무래도 숙소 안을 이미 점령한 듯했습니다.

"대체 어디로 간 거야? 흡혈귀 여자애는." "히히히…… 어차피 도망 못 가. 느긋하게 찾자고."

우리가 복도로 나가 보니, 라이플총을 들고 유유자적 순찰을 하던 검은 복장의 남자들이 보였습니다.

"당신들 동료는 몇 명이야? 가진 무기는?"

복도에서 마주친 남자들을 빠르게 처리한 다음에 언니는 물었습니다. 밧줄에 묶인 남자들은 "우, 우리를 포함해서 열두 명입니다!" 하고 존댓말로 답했습니다. 가진 무기는 전원 똑같은 라이플총이라고 합니다. 언니는 "이런 위험한 걸 휘두르면 안 되잖아?" 하고 지극히 타당한 말을 하면서 사벨로 획 베어버렸습니다.

그리고서 우리는 레스토랑 쪽으로 직행했는데, 여기에도 역시 무장한 남자들이 감시를 하고 있었습니다.

"크크큭…… 우리 두 사람은 조직 내에서도 1, 2위를 다툴 만큼 강하다." "도망친 흡혈귀도 이 문 너머의 레스토랑으로 언니를 구하러 돌아오지 못할걸."

강해 보이는 남자들은 대담하게 웃으면서 문을 지키고 있었습니다.

"얘들아, 안의 상황이 여기서 보여."

언니는 문을 아주 살짝 열면서 나와 신시아 씨를 손짓해 불렀습니다. 그 바로 옆에는 축 늘어진 남자들. 눈이 따라가지 못할 속도로 언니가 처리한 것입니다.

"그래서, 신시아 씨. 언니분은 어디 있나요?"

나는 언니가 몰래 열어준 문의 틈새로 레스토랑 안을 노려보며 물었습니다.

가게 안에선 손님들이 얌전하게 자리에 앉아 있었습니다. 그러나 그 주변에 검은 복장의 남자들이 무리 지어 있어, 말할 수 없는 긴장감이 감돌고 있었습니다.

과연 언니는 어디에 있을까요?

보니 가게 한가운데, 우리에 갇혀 풀썩 주저앉아 있는 연한 갈색 머리카락의 여성 모습이 있었습니다만.

"보이는 대로야."

신시아 씨는 내게 고개를 끄덕였습니다.

과연, 저게 오로넬라 씨인가요.

"…………."

우리 안에서 오로넬라 씨는 천천히 고개를 들었습니다. 붉은 눈동자가 올려다보는 것은 우리를 감시하는 검은 복장의 남자.

그리고 남자에게 도움을 청하듯 손을 뻗으면서 그녀는 눈물을 글썽이며 부탁했습니다.

"저기…… 저기, 거기 오빠, 잠시만…… 귀여운 아이의 피를 마시고 싶은데……."

남자는 그 말에 히죽히죽 웃었습니다.

"으엉? 피라고? 피라면 내 걸 마시게 해줄까? 자."

"아아! 싫어 싫어! 지저분한 남자의 피 같은 건 마시고 싶지 않아! 귀여운 아이의 피를 내놔아아아!"

철컹철컹하고 창살에 손을 대고 흔드는 오로넬라 씨.

"귀여운 여자아이! 아, 귀여운 피를 마시고 싶어!"

"어이! 이 계집애가, 입 다물어!"

창살을 잡은 손을 라이플총으로 때리는 검은 복장의 남자.

"꺄앙!"

그다지 아프지 않은 듯한 비명을 지른 오로넬라 씨는 그 자리에서 몸을 웅크리고 "우으으…… 귀여운 아이의 피를 마시고 싶어……" 하고 울음을 터뜨렸습니다.

그리고서.

"차라리 이대로 내 피라도 마실까……? 나도 귀여우니까……."

그렇게 의미 불명인 말까지 내뱉고 있었습니다.

…………

일련의 대화를 지켜본 후, 나는 다시 물었습니다.

"언니분은 어디 있나요?"

저게 정말로 당신의 언니입니까? 라는 의도를 듬뿍 담아 나는 질문했습니다. 어쩐지 회상과 전혀 다른 느낌의 사람입니다만? 여동생을 배려해 피를 마시지 않았던 다정한 언니는 어디 있나요?

"자, 자, 내 피를 준다고 했잖아? 자, 물어보라고."

"싫어! 냄새나! 나한테 그 팔을 들이대지 마!"

우리로 들이민 팔에서 홱 고개를 돌리는 오로넬라 씨.

아니, 피를 마시면 흡혈귀의 힘이 부활하니 우리에서 도망칠 수 있게 되지 않나요? 나는 그렇게 진지하게 생각했습니다만, 오로넬라 씨는 거기서 단언했습니다.

"귀엽지 않은 아이의 피를 마시면 그 후 며칠 동안 위가 메슥메슥한단 말이야…….”

그 정도는 참아주세요 하고 나는 문 너머에서 빠안히 노려보는 듯한 시선을 보내면서 생각했습니다. 그러나 나의 그러한 마음이 그녀에게 전해질 리 없었습니다. 그녀는 우리 속에서 으르렁거렸고, 그리고 검은 복장의 남자들에게 진귀한 짐승 같은 취급을 받았습니다.

"어이, 흡혈귀. 상황을 잘 이해하지 못하고 있나 본데.”

검은 복장 중 한 사람이 웃으면서 말했습니다.

"우리는 너를 어떻게든 다룰 수 있다고. 물론, 네 여동생도 말이지──.”

"……!”

여동생. 그 말이 나온 순간 오로넬라 씨의 표정이 굳어졌습니다. 아무래도 두 사람의 관계를 검은 복장의 남자들은 어느 정도 알고 있나 봅니다.

여동생을 도망치게 하려다 잡혔다는 것도.

"후, 후후…… 소용없어. 내 여동생은 이제 돌아오지 않아. 나만 데리고 어서 거점으로 돌아가는 게 좋을 거야.”

"소용없지 않아. 네가 이렇게 잡혀 있는 한 여동생은 반드시 돌아올 거다.”

우리는 그렇게 태평하게 돌아온 여동생까지 전부 데리고 갈 셈이야──하고 검은 복장의 남자가 오로넬라 씨에게 말했습니다. 이런 변경의 숲속에 있는 숙소까지 쫓아올 만큼 집념 깊은 남자들에겐 한쪽만 포박해 돌아간다고 하는 선택지는 애초에 없었던 것일 테지요.

"이 안에 들어간 시점에서 너한텐 우리와 함께 가는 것 이외의 선택지는 없어."

큭큭큭 하고 검은 복장의 남자는 우리 속의 오로넬라 씨를 내려다보며 유쾌하게 웃었습니다.

"저기, 실례합니다. 참고로 이 우리는 여분이 있거나 한가요?"

갑자기 검은 복장의 남자들에게 소박한 질문이 던져졌습니다.

"응? 아니, 아무래도 이 정도로 큰 걸 두 개나 가져오진 않았지."

"그렇다는 건, 이 안에 신시아 씨도 넣겠다는 건가요?"

"그렇게 되겠지."

고개를 끄덕이는 검은 복장의 남자.

직후에 우리가 베어져 산산조각이 났습니다.

"그럼 이걸로 문제없겠네."

어느 틈엔가 언니가 우리 안에서 오로넬라 씨를 구출하고 있었습니다. 이런, 깨닫고 보니 내 옆에서 없어졌군요.

방을 나와 여기에 이르기까지, 장애가 될 수 있는 것을 언니가 모조리 깨끗하게 정리해준 바람에 완전히 멍하니 바라보고 있을 뿐이라는 상태가 계속되었습니다.

"네 언니는 뭐 하는 사람이야?"

할 일이 없어진 신시아 씨는 언니의 모습을 본뜬 손 인형을 손에 만들어내서 뻐끔뻐끔 입을 움직여 물었습니다.

나는 그것을 가볍게 쓰다듬으면서 간단명료하게 언니에 관해 설명했습니다.

"아주 강한 언니랍니다."

시선을 레스토랑 안으로 돌리자, 남자들에게 포위당한 상태에서도 태연한 얼굴로 사벨을 단단히 움켜쥔 언니의 모습이 보였습니다.

남자들은 갑자기 나타난 언니에게 잇따라 덤벼들었지만, 그러나 그런 그들에게 겁먹는 일 없이 언니는 한 사람 한 사람 냉정하게 대처해나갔습니다.

별문제 아니었던 겁니다.

마법사투성이인 나라에서 검술만으로 기사단 입단을 해냈던 언니에게 있어, 이 정도는.

"흡혈귀라는 이유만으로 박해받다니, 나는 납득할 수 없어."

남자들의 무기를 사벨로 조각조각 내면서 언니는 말했습니다. 맑은 목소리였습니다. 흐트러짐 없는 차분한 목소리이기도 했습니다.

"상대가 흡혈귀라고 해서 동물처럼 우리에 가두다니, 나로선 절대 납득할 수 없어."

그리고 언니는, 말했습니다.

"그러니까 나는 당신들을 막을 거야."

그리고 그 자리에 있던 검은 복장의 남자들은 한 명도 빠짐없이 맨몸이 되었습니다.

오로넬라 씨와 신시아 씨. 귀여운 여자아이의 피만 빤다고 하는 고집은 제쳐두고, 나름대로 폐를 끼치지 않는 정도의 여행을

©Azure

하던 자매를 흡혈귀라는 이유 하나로 박해하려 한 검은 복장의 남자들.

아마도 자매의 처우에 관해 생각하는 바가 있었던 것일 테지요.

혹은 피를 빨려 살짝 빈혈기가 있는 나를 싸우게 할 수는 없다며 배려해준 것일지도 모릅니다.

"두 사람 다, 아마도 이제 괜찮을 거야."

살랑살랑하고 레스토랑 안에서 손을 흔드는 언니.

그리고서 나는 곧장 마법으로 쉽게 남자들을 포박했습니다. 오늘 내가 하는 일은 대략 이러한 것이었습니다.

언니의 수완은 훌륭하다고 표현할 수밖에 없었습니다.

남자들은 누구 한 사람도 피를 흘리지 않았고, 그저 기절했을 뿐. 완전히 축 뻗어버린 남자들을 나는 밧줄로 꽁꽁 묶었습니다.

아무튼 사건이 무사히 해결되어 다행이로군요.

시선을 힐끗 옆으로 돌리자, 재회를 기뻐하는 흡혈귀 자매의 모습이 보였습니다.

"신시아!"

"언니, 괜찮아? 다친 덴?"

"그대로 도망쳤어야지……. 정말이지, 신시아는 바보라니까."

마주 보며 웃는 두 사람의 모습은 아주 아름다웠고, 귀하게 보였습니다. 그런 광경을 볼 수 있었던 것만으로도 구해준 의미는 있었을 테지요.

"건강해 보여서 다행이야."

두 사람을 보면서 언니가 내 옆에서 웃었습니다.

"⋯⋯⋯⋯?"

그때였습니다.

그 자리에서 남자들을 전부 다 포박한 나는 문득 위화감을 느꼈습니다.

레스토랑에서 언니 손에 쓰러진 검은 복장의 남자들. 세어 보니 일곱 명이었습니다.

문 앞에서 언니가 쓰러뜨린 것이 두 명. 그리고 복도에서 마주친 것도 두 명이었습니다.

모두 더하면 총 열한 명.

이때 떠오른 것은, 복도에서 언니가 쓰러뜨린 검은 복장의 동료.

──우, 우리를 포함해서 열두 명입니다!

그 말이 사실이라고 한다면.

어떻게 된 것일까요?

제가 포박한 검은 복장의 남자들은, 어째선지 한 사람 부족했던 것입니다──.

"이런⋯⋯! 너희 모두, 꼼짝 마!"

깨달았을 땐, 마지막 한 사람이 나타나 있었습니다.

"⋯⋯어라?"

고개를 갸우뚱하는 언니. 짧은 나이프가 언니의 목덜미에 닿아 있었습니다.

어느 틈엔가 나타난 그 남자는 나, 그리고 오로넬라 씨와 신시아 씨에게 각각 시선을 보냈습니다.

수상한 움직임을 보이면 나이프가 언니의 목을 베어 가를 거다── 시선은 그렇게 말하고 있는 것처럼 보였습니다.

그래서 신시아 씨와 오로넬라 씨 두 사람은 양손을 들었고, 그리고 나도 지팡이를 던졌습니다.

그러자 남자는 만족스럽게 고개를 끄덕였습니다.

"정말이지…… 목숨이 아까우면 당장 여기서 나가라고 했잖아."

히죽 웃은 그 남자는 '절대로 흡혈귀를 불러들이지 않는 책'을 들고서 우리에게 충고를 했던 초로의 남성이었습니다.

○

아무래도 그가 바로 이 검은 복장을 한 남자들의 리더 격인 인물이었나 봅니다.

"설마 흡혈귀 편을 드는 자가 나타날 줄은 몰랐어── 뭐 그것도 의미 없이 끝나버렸지만!"

으하하하하! 그야말로 잔챙이 느낌이 드는 웃음소리를 내고 있었습니다.

그리고 이런 사람은 대체로 자신이 우세해진 순간 술술 제 이야기를 시작하는 법이고, 그도 역시 예외가 아니었는지 딱히 별흥미도 느껴지지 않는 이야기를 해주었습니다.

그들은 흡혈귀라는 희귀 종족을 장사에 써먹고 싶은가 봅니다. 피만 주면 어떤 모습으로든 변신할 수 있는 불로장수. 써먹을 방법은 얼마든지 있을 테지요.

그러나 장사 라이벌들의 눈에 띄지 않게, 표면적으로는 위험한 흡혈귀에게서 일반 시민을 지키기 위해 체포를 꾀한다는 허울을 뒤집어쓰고 행동했던 모양이었습니다. 대체로 그런 느낌의 사정이 있나 봅니다만, 이 얼마나 흔해 빠진 이유인가요. 반전도 뭣도 없습니다. 마치 자장가처럼 지루한 동기라고도 할 수 있을 테지요.

"그나저나 잘도 저질러 줬군. 지금까지 모아온 무기가 전부 못 쓰게 됐어."

긴 이야기 다음은 지금까지 마구 날뛰었던 언니와 나에 대한 불만이었습니다.

"너희도 흡혈귀랑 같이 잡아서 장사에 써먹어 줄까……?"

후후후…… 하고 수상쩍게 웃는 리더 격인 남자. 남자의 시선은 나와 언니에게 쏟아졌습니다. 그 눈은 큰돈에 눈이 먼 더러운 어른 그 자체. 솔직하게 말하자면 알기 쉬울 만큼 추잡한 표정을 짓고 있었습니다.

"……동생한테는 손대지 말아줘."

언니는 등 뒤에 있는 리더 격인 남자에게 말했습니다.

"당신 동료들의 무기를 망가뜨린 건 나잖아? 동생은 아무것도 안 했어."

아니, 그, 딱 잘라 아무것도 안 했다는 말을 들으면 좀 상처받습니다만…….

오늘 나도 여기 오기까지 조금은 일했거든요?

"네 여동생은 우리 동료를 묶었어. 같은 죄다."

맞아 맞아.

그렇게 나는 마음속으로 리더 격인 남자의 편을 살짝 들었습니다.

그러나 이윽고 리더 격인 남자는.

"……흥. 뭐, 됐다. 그럼 거기 너, 조금 전 묶은 내 동료들의 밧줄을 풀어. 그러면 너는 못 본 척해줄 수도 있다."

그렇게 내게 명령했습니다.

대체 무슨 말인가요. 오늘 한 유일한 일조차 자신의 손으로 없었던 일로 만들어야만 하는 것입니다.

"……크읏."

마치 새로운 직장에 취직한 직후에 살짝 쓸데없는 짓을 해서 괜한 일을 늘려버린 탓에 선배 상사에게 차가운 시선을 받는 요즘 젊은이 같아.

나는 비참한 기분을 느끼면서 남자들의 밧줄을 풀기 위해 천천히 레스토랑 안을 걸었습니다.

바로 그때였습니다.

"…………."

나를 걱정스레 바라보는 흡혈귀 자매의 시선을, 깨달았습니다.

자신들을 도와준 언니가 위험에 처하지 않도록, 꼼짝도 하지 않으려 하고 있는 것일 테지요.

테이블보를 깐 둥근 테이블을 등지고, 두 사람은 분한 듯 어두운 표정으로 서 있었습니다.

흐음흐음.

"먼저 저 두 사람을 묶어두죠."

나는 리더 격인 남자에게 제안했습니다. 쓸데없는 오지랖일지도 모르지만, 가둬둘 우리가 없는 지금 알기 쉽게 밧줄로 묶어두는 편이 안심일 테니까요.

해놓은 일이 없었던 일이 되어도 굴하지 않는 신인 같은 강한 정신력의 소유자. 그것이 나라는 여행자입니다.

"……흥. 서둘러."

리더 격인 남자는 턱짓으로 내게 명령했습니다.

나는 지금까지와 마찬가지로 밧줄로 빙글빙글 두 사람을 감아 묶었습니다.

"그럼 가만히 있어주세요."

지팡이는 언니가 인질로 잡힌 시점에서 던져버렸기 때문에, 나는 할 수 없이 두 사람 앞에 서서 내 손으로 직접 묶었습니다.

"…………."

가까운 거리에서 서로 마주 보며, 빙글빙글 밧줄을 감기를 수십 초.

"흐아아아."

평소 마법에 의지해 묶었던 탓일까요? 방법을 몰라 밧줄이 헐렁헐렁해지거나, 묶지 못하거나, 조금 시간을 잡아먹기도 했습니다만, 리더 격인 남자가 짜증을 내는 기척을 느끼면서도 나는 어찌어찌 두 사람을 묶는 데 성공했습니다.

"후우……."

나는 한바탕 일을 끝낸 것처럼 상쾌한 얼굴로 묶인 두 사람을 바라보았습니다.

오로넬라 씨와 신시아 씨는 인형처럼 얌전히 테이블 앞에 서 있었습니다.

"내가 했지만 꽤 잘했네요."

나는 자화자찬했습니다.

그리고 바로 그때, 리더 격인 남자가 인내심에 한계를 느낀 듯했습니다.

"……어이! 너, 뭘 꾸물대는 거야! 어서 동료들을 풀어줘!"

꾸욱, 나이프를 언니의 목에 다시 들이대며 남자는 소리쳤습니다.

그러나 나는 여기서 홱 고개를 돌렸습니다.

왜냐면 나는 요즘 젊은이. 지금부터 하려던 일을 남이 명령하면 정말이지 기분이 상해버리는 것입니다.

"이제 싫거든요. 안 할 거거든요."

그런고로 반은 토라진 듯한 말투로 받아쳤습니다.

아마도 리더 격인 남자에게는 상정하지 못한 말이 아니었을까요? 설마 내가 갑자기 비뚤어질 거라고는 상상도 못 했을 테지요. 한순간 어리둥절하며 기가 막힌다는 표정을 지은 후, 그는.

"무, 무슨 소리를 하는 거야! 이 여자가 어떻게 돼도 상관없는 거야!"

하고 다시 소리쳤습니다.

"네네, 그러시든가요."

"……크읏."

갑자기 바뀐 내 태도에 낭패스러워하는 리더 격 씨. 한편 나이프가 목에 들이대진 언니는 여전히 태연하게 그 자리에 서 있었습니다.

분명 내 의도가 언니에게는 이미 전해졌을 테지요.

말할 것까지도 없습니다만, 당연히 나는 언니를 저버릴 생각이 없습니다.

"자, 하세요. 할 수 있으면 해보세요. 어서요, 어서."

부채질하는 나. 비뚤어진 상태인지라 셔츠 단추를 몇 개나 풀 었습니다.

그리고 어깨 주변이 드러난 것도 분명 비뚤어진 탓일 테지요.

"……이 자식, 적당히──."

리더 격인 남자는 결국 눈빛을 바꾸고 나이프를 든 손에 힘을 실었습니다. 혹시 정말로 언니를 찌를 셈인 걸까요?

아뇨, 그런 일이 가능할 리 없습니다.

"으아아아."

쨍그랑하고 남자의 손에서 나이프가 떨어졌습니다. 마치 힘을 잃은 것처럼. 언니가 그 기회를 놓치지 않고 남자의 구속에서 빠 져나왔고, 남자는 무너지듯 그 자리에 쓰러지고 말았습니다.

"어…… 어째서……?"

간신히 짜낸 것은 당황한 목소리였습니다.

사태를 전혀 이해하지 못한 남자의 바로 뒤에서, "흐응" 하고 지루하다는 듯 코웃음을 치는 사람이 있었습니다.

"……하아, 맛없어 맛없어. 이래서 성인 남성은."

퉤 하고 피를 뱉어버리는 성인 여성.

흡혈귀 오로넬라 씨였습니다.

○

"완벽한 작전이었답니다!"

리더 격인 남자까지 묶고 난 후에 나는 언니와 흡혈귀 자매를 앞에 두고 자랑스럽게 가슴을 폈습니다.

"후후후…… 실은 오로넬라 씨를 묶을 때 몰래 피를 빨게 했답니다."

그리고 내게 피를 빌려 변신할 힘을 찾은 오로넬라 씨는 작은 쥐로 변신해서, 자리 사이를 빠져나가 리더 격인 남자의 등 뒤로 몰래 다가갔던 것입니다.

내게서 받은 피만큼의 일을 해주었다는 겁니다.

"……오로넬라 씨라면 저기 있는데?"

언니는 내 등 뒤에 우뚝 서 있는 흡혈귀 자매를 가리키며 고개를 갸웃거렸습니다.

어리둥절한 표정의 언니에게 나는 "무르네요!" 하고 의기양양한 얼굴로 지껄이면서 손가락을 딱하고 울렸습니다.

그러자 그 신호에 따라 두 사람 바로 뒤에 있는 테이블에서 스으윽 하고 한 탐징이 나타났습니다.

"어쩌면 나는 탐정보다 마술사 쪽에 재능이 있는지도 모르겠어……."

후후훗…… 하고 대담한 미소를 지으면서 나타난 것은 신시아 씨.

흡혈귀란 피만 있으면 온갖 것을 구현화할 수가 있습니다. 내가 두 사람 곁으로 다가갔을 때 신시아 씨가 귓속말을 해주었습니다.

두 명분의 인형을 만들 테니까 그걸 묶어줘, 라고.

"그리고 순식간에 신시아 씨의 의도를 알아차린 나는 오로넬라 씨를 안전하게 언니 곁으로 보내기 위해 팔을 걷어붙였던 겁니다."

완벽한 작전이었답니다── 나는 다시 한번 가슴을 폈습니다.

뭐, 내가 한 건 주로 양동이었지만요. 그러나 그래도 언니를 구해냈다고 하는 사실이 나를 평소보다 아주 조금 고양시켰습니다.

"언니, 칭찬해주세요. 내 덕분에──."

내 덕분에 목숨을 구했으니까요! 그렇게 잘난 척하는 대사를 뱉으려던 차에, 내 시야가 어질하며 새까매졌습니다.

무슨 일인가 생각한 직후에 풀썩, 무언가가 쓰러지는 소리.

"……아빌리아! 괜찮아? 아빌리아!"

언니가 필사적으로 부르는 목소리와 머리에 징징 울리는 아픔. 얼마 후 시야에 색이 돌아왔습니다.

"……어라?"

무슨 일이 일어난 것인지 이해하기까지 시간이 조금 걸렸습니다. 머릿속에서 천천히 피가 도는 감각이 느껴졌습니다. 아무래도 빈혈로 쓰러지고 말았나 봅니다.

"……이건 대체."

그러나 놀랄 일은 빈혈로 쓰러지고 만 것보다, 지금 내 시선 끝에 언니의 얼굴이 있고 머리는 따뜻한 감촉과 부드러운 향기에 감싸여 있다는, 요컨대 언니가 무릎베개를 해주고 있다고 하는 사실이었습니다.

여기는 천국?

"나 죽은 건가요……?"

"제대로 살아 있어."

옳지 옳지 하고 조금 전 부딪힌 머리를 쓸어주었습니다. 너무나도 행복한데 역시 나는 죽은 겁니까……?

"미안해. 우리가 피를 너무 많이 빨아버려서……."

미안하다는 듯이 신시아 씨가 작은 손 인형 두 개와 함께 꾸벅 고개를 숙였습니다.

천국으로 올라갈 뻔했던 나의 의식이 신시아 씨의 목소리에 다시 불려 왔습니다.

"아뇨, 신경 쓰지 말아 주세요. 내가 그렇게 하지 않았다면 나쁜 사람들을 잡을 수 없었을 테니까요."

진지한 표정을 언니 무릎 위에서 짓는 나.

"……너희, 꽤 멋졌어. 고마워."

신시아 씨는 손 인형을 빼고 이쪽을 향해 손을 내밀었습니다.

"요즘 들어 제대로 된 인간과 좀처럼 만나지 못했었는데, 조금 감동했어."

그런 신시아 씨의 손을 잡으면서도 나는 때는 지금이라는 듯 우쭐대는 표정을 지으며 말했습니다.

"곤란한 사람이 있으면 돕는 게 여행자의 의무랍니다."

언니, 그렇죠? 하고 내가 우쭐대는 표정을 지은 채 언니에게 시선을 기울이자, 방긋 웃으면서 언니가 다시 내 머리를 쓰다듬었습니다.

천국이 여기에 있어…….

"곤란한 사람이 있으면 돕는 게 여행자의 의무라…… 과연. 그런 거구나."

신시아 씨는 과거를 그리워하듯 먼눈을 하고 내 말을 반복하더니 키득 웃었습니다. 뭐가 웃긴 것인지 모르겠습니다만, 탐정이란 웃기지 않아도 대체로 웃고 있는 법인지라 웃음의 의미를 깊게 생각할 필요는 없을 것 같습니다.

감사 인사를 받은 것만으로도 나는 만족입니다.

"손님, 고맙습니다! 남자들에게 점령당했을 때는 대체 어떻게 되려나 하고──."

나쁜 짓을 한 남자들이 전부 밧줄에 묶이면서 다른 손님들과 점원들도 자유를 되찾았습니다.

우리에게 달려와 준 것은 역시 호스피탈리티 높은 접수처 직원. 몇 번이고 몇 번이고 그녀는 우리 네 사람에게 고개를 숙였습니다.

"뭔가 답례를 할 수 있게 해주세요."

그러자 곧바로 오로넬라 씨가 의기양양한 표정으로 손가락을 딱 울렸습니다.

"그럼 나는 신선한 피를 요청하기로 할까."

입가심을 해야 하니까 말이야──라고.

접수처 직원은 오로넬라 씨에게 "알았습니다" 하고 고개를 끄덕이더니, 레스토랑의 셰프에게 "메뉴에 없는 비밀 메뉴를 준비해줘"라고 귓속말을 했습니다. 그러고 보니 이 가게에서는 생고기를 비밀 메뉴로 내놓고 있다고 했었죠.

곧이어 접수처 직원은 우리 곁으로도 다가왔습니다.

정중하게 그 자리에서 허리를 낮추고, 언니와 눈높이를 맞추면서 오로넬라 씨 자매에게 했던 것처럼 답례를 하게 해달라고 말했습니다.

"답례, 인가요."

언니는 그 말을 곱씹듯이 반복했습니다.

"네. 요리든 돈이든, 뭐든 원하는 걸 말씀해주세요. 저희가 반드시 준비하겠습니다."

"그렇다는데, 어떡할래? 아빌리아."

언니의 시선이 내게로 쏟아졌습니다.

곤란하네요.

언니의 무릎 위에서 다정하게 쓰다듬을 받으면서, 나는 키득 웃으며 답했습니다.

"이미 충분할 정도로 받고 있답니다."

○

그날은 그 후 느지막한 만찬회가 열렸습니다.

침입한 남자들에 의해 가게가 엉망진창이 되어버렸기 때문에, 한 사람 한 사람에게 주문을 받아 느긋하게 요리할 여유가 없었던 것입니다.

결국 뷔페 형식으로 음식을 만들어 손님도 종업원도 관계없이 모두가 함께 먹게 되었습니다.

비상사태인지라 손님도 종업원도 체면을 신경 쓸 기력이 없었습니다. 그 결과 그럭저럭 자유로운 시간을 보내게 되었습니다.

"아빌리아, 여기. 고기를 더 먹어야지."

언니가 내 접시에 고기를 담았습니다. 수북하게 담았습니다.

"자, 자, 어서. 잔뜩 먹어."

"너무 많은데요."

"피를 잃은 만큼 많이 먹어야 해."

"이렇게 많이는 필요 없답니다……."

"쫑알쫑알 대지 말고 먹어."

내 접시가 고기투성이가 되도록 열심히 담았습니다.

자리에 앉자 흡혈귀 자매가 우리 맞은편에서 로스트비프를 우물우물 먹고 있었습니다.

말하길 "피는 이미 충분히 마셨지만 전부 맛없는 피였으니까 입가심으로 좋은 고기를 먹고 싶다"라고 합니다.

대체 어디서 마신 건가요? 하고 물으려 했습니다만, 힐끗 가게 구석으로 시선을 돌려보니 검은 복장의 남자들이 전부 핏기없는 얼굴이 되어 있었습니다. 과연, 물을 것까지도 없겠군요.

오로넬라 씨는 이야기했습니다.

"나이 먹은 남자 피는 좋아하지 않지만 말이야…… 앞으로 긴 거리를 날아야 할 테니까, 사치스러운 말을 하고 있을 수는 없지."

그러고 보니 두 사람과 느긋하게 앉아서 이야기하는 것은 이게 처음일지도 모르겠습니다.

신시아 씨가 방에 왔을 때도 슬쩍 이야기를 해주었습니다만, 두 사람은 본가로 돌아가는 중이라고 합니다.

"뭐, 날이 밝을 때쯤엔 집에 도착해 있겠지."

오로넬라 씨가 말하길 두 사람의 고향은 여기서 그리 멀지 않은 거리에 있다고 합니다.

"아쉽지만, 이게 최후의 만찬이려나."

그 옆에서 신시아 씨가 조용히 우물우물 고기를 먹고 있었습니다.

"우웃…… 맛있어……."

원래 바깥세상을 동경해 나온 신시아 씨에게 있어 본가로의 귀향은 본의가 아닐 테지요.

"저 녀석들만 아니었으면 바깥세상에서 더 놀았을 텐데……."

고로 남자들을 보는 시선은 제법 날카로웠습니다.

말하길 두 사람의 어머니는 바깥세상은 위험하니까 가지 않는 편이 좋다고 말렸다고 합니다.

말렸던 이유를 드디어 이해했다는 것일 테지요.

"최근엔 변변치 않은 일들뿐이었어."

먼 과거를 추억하듯이 오로넬라 씨는 한숨을 내쉬며 이야기했습니다.

나라에서 나라를 건널 때마다 검은 복장의 남자들과 흡혈귀라는 종의 특수함에 끌린 자들에게 쫓기는 날들. 마음 편한 날은 적었다고 합니다.

"그럼 이렇게 느긋하게 밥을 먹는 것도 오랜만이야?"

언니가 묻자 오로넬라 씨는 "맞아" 하고 웃었습니다.

"그래서 마지막의 마지막이 돼서 좀 아쉬워졌어."

어머니의 말대로 바깥세상은 변변치 못한 곳이었고, 귀향의 여정은 실망뿐인 날들이었다고 합니다. 결국 인간은 변변치 못한 녀석들밖에 없는 것이냐며 한숨뿐인 날들이었다고 합니다. 그렇기에 오늘 먹은 음식은 맛있다고 그녀는 말했습니다.

"아쉽다……. 가능하면 조금 더 맛보고 가고 싶다."

후후후 하고 오로넬라 씨는 웃었습니다. 어라라? 어쩐지 시선이 내게 쏟아지는 것만 같은데요?

"그러게…… 맛있었어……."

동생인 신시아 씨도 고기를 먹으면서 어째선지 탐난다는 시선을 내게 보냈습니다. 어라라? 뭔가 분위기가 이상한데요?

"잠깐. 내 여동생 피는 이제 안 줄 거야."

사냥감을 노리는 육식 동물 같은 시선 두 개를 차단하며 나를 지키는 언니. 나는 두근거렸습니다.

"아하하, 농담이야. 도움을 받았는데 그런 은혜도 모르는 짓은 안 한다니까."

오로넬라 씨가 말했습니다.

눈이 웃고 있지 않은 것만 같습니다만…….

"아쉽다고 하는 이야기는 거짓말이 아냐. 원래는 여동생을 본가로 데려가기 위해 마지못해 나온 세계였지만, 요즘은 변변치 못한 인간들만 만났지만."

그래도, 바깥세상에는 좋은 만남도 있었으니까──하고 오로
넬라 씨는 시선을 다시 내게 보냈습니다.

그리고 두 사람은 함께 웃었습니다.

그것은 참으로 순진무구하고 평화로워서, 내 눈에는 흡혈귀다
움은 전혀 없는 평범한 자매처럼 보였습니다.

●

"아아…… 이제 귀찮아……."

본가로 돌아온 신시아를 기다리고 있던 것은 지루한 매일이
었다.

멋대로 집을 뛰쳐나간 딸에게 어머니는 앞으로의 자유를 한동
안 제한하기로 했다. 그러지 않으면 멋대로 집에서 나갈 테니까.

그 김에 가축 돌보는 일도 시켰다. 바깥세상을 동경하는 것은
동경할 수 있을 만큼 한가한 시간이 있는 탓이니까.

"일로 바쁘면 바깥을 향한 동경도 사라진다는 거구나…… 호오
오, 과연. 엄마도 생각 좀 했네."

흠흠…… 히고 고개를 끄덕인 깃은 오로넬라.

"아니, 감탄하고 있을 때가 아냐. 언니, 우리의 자유가 사라졌
거든? 분노의 목소리를 높여야 한다고 생각하지 않아?"

"내가 분노의 목소리를 높인다고 한다면 그건 여동생의 어리석
은 행동에 대해서인데."

원래 오로넬라는 신시아를 데리고 돌아오기 위해 고향에서 마지못해 나갔을 뿐이었다.

옳은 일을 하고 본가로 돌아왔건만, 어머니에게 받은 것은 동생 옆에서 가축을 돌보기만 하는 날들.

"어째서 나까지 가축 돌보기를……?"

납득이 되느냐고 묻는다면 고개를 갸우뚱하게 된다.

그런 언니에게 신시아는 코웃음을 치면서 어깨를 으쓱였다.

"아니, 언니도 실컷 즐겼으니까 공범이지."

"하지만 나는 제대로 일했거든? 그리고 지금도 동생보다 제대로 일하고 있고."

본래 부모의 말을 나름대로 지키는 고분고분한 오로넬라는 불평등한 대우에 불만을 늘어놓으면서도 결국 척척 일을 해내고 있었다.

"뭐, 사소한 건 제쳐두고. 언니, 일 끝나면 한가해?"

"한가한데?"

"그럼 오늘도 할까?"

"내가 한가하지 않다고 해도 억지로 끌고 갈 거면서……."

어깨를 으쓱이면서도 오로넬라는 거절하지 않았다. 내심 나름대로 즐기고 있기 때문이었다.

오후의 예정이 정해지면 그 후의 일은 놀랄 만큼 빠르게 끝났다. 서로 말은 하고 있지 않지만, 고향에 돌아온 후의 즐거움 중 하나가 되어 있었기 때문이다.

짐을 정리하고 두 사람은 함께 집을 나섰다. 저녁까지 돌아오겠다고 부모에게 보고한 다음, 그 손에 각각 손 인형을 끼고 걸었다.

그리고 도착한 곳은 근처 탁아소였다.

"왔다! 오로넬라랑 신시아다!" "늦었어!" "언니, 또 그 얘기해줘!"

아이들이 두 사람의 얼굴을 보자마자 모여들었다.

바깥세상을 모르는 아이들에게 두 사람은 동경의 대상이었다.

"하하하, 기다렸지? 손 인형 탐정님이다."

신시아는 양손에 손 인형을 끼운 채 가슴을 폈다. 기분이 좋았다. 짜릿짜릿했다.

"그럼 오늘은 백발의 여행자 자매 이야기를 해줄까."

그 옆에서 오로넬라도 손에 손 인형을 끼우고, 어색한 손놀림으로 인형을 움직였다.

하얀 머리카락을 가진 인형 두 개였다.

"너희, 알겠어? 바깥세상에는 무서운 사람이 엄청 많아── 하지만, 가끔 좋은 사람도 있지."

그것은 어디선가 만난 적이 있는 여행자 자매와 똑 닮은 인형이 나쁜 검은 복장의 남자들을 쓰러뜨리고, 불쌍한 흡혈귀를 구하는 모험담이었다.

고향으로 돌아온 지 얼마 안 된 두 사람은 한동안은 여행을 떠날 생각이 없었다.

대신에 양손으로, 작은 인형을 조작해서 아이들에게 이야기를 해주었다.

바깥세상은 어린 시절 할아버지가 이야기해준 세상보다도 훨씬 나쁜 사람이 많은 세계였다. 흡혈귀라는 이유만으로 목숨이 위험해지는 일도 있었다.

하지만 가혹한 세계는 아니었다. 그저 고향보다 세계가 자유로울 뿐이었다.

두 사람은 여행 중에 만나온 여행자들의 이야기를 했다.

그것은 여행 도중에 탐정 조수를 해주었던 잿빛 머리카락의 마녀 이야기거나, 혹은 지금 하고 있는 하얀 머리카락의 자매 이야기거나.

좋은 일도 나쁜 일도, 두 사람은 아이들에게 이야기해주었다.

한동안 화제가 끊이는 일은 없을 듯했다.

재미있는 이야기에 굶주렸을 때, 다시 여행을 떠나자.

꿈꾸는 아이들과 마찬가지로 눈을 빛내면서, 신시아와 오로넬라는 손 인형으로 이야기를 자아갔다.

투서 담당자 일레이나 씨

마법 총괄 협회에서 『마법이 얽힌 곤란한 일 모집!』 일을 시작한 지도 벌써 사흘이 지나려 하고 있습니다.

근면하고 성실하며 일을 매우 좋아하고 곤란해하는 사람을 그냥 보고 지나치지 못하는 사람 좋은 마녀인 저는 오늘도 죽은 사람 같은 얼굴을 하고서 마법 총괄 협회로 향해 책상과 마주했습니다. 얼른 일이 끝났으면 좋겠다.

제 눈앞에는 아무리 시간이 지나도 사라지지 않는 투서의 산. 며칠 전에 변덕을 부려 일을 시작했을 때의 제가 이 사태를 예상이나 할 수 있었을까요.

생판 모르는 사람들의 고민에 답하기 전에 제 눈앞의 산을 정리할 방법을 가르쳐주었으면 싶을 정도입니다. 누가 좀 살려줘.

차라리 일을 내팽개치고 도망쳐버릴까 하는 생각도 했습니다만, 그러나 이번 일의 상대는 마법 총괄 협회. 마법사라면 인연을 끊고 싶어도 끊을 수 없는 조직입니다. 시비를 걸 상대로는 적절하지 않을 테지요.

따라서 지금의 제게 남은 길은 눈앞에 쌓인 투서의 산과 마주하는 것밖에 없습니다.

단기 업무 모집에 응한 것은 불행 중 다행이라고 할 수 있었습니다. 장기 업무였다면 언젠가 정신을 소모해 비뚤어졌을지도 모릅니다.

끝이 있기에 비로소 일할 힘도 나는 법입니다.

일단 오늘도 싫지만 일과 마주하기로 하죠.

"그럼 오늘의 사연을 하나."

나는 쌓여있는 투서의 산속에서 하나 되는 대로 뽑아내 봉투를 열었습니다.

"……흐음?"

직후에 살짝 눈썹을 치켜세우는 저.

오늘의 상담자는 무려 마법 총괄 협회에 소속된 견습 마녀인 여자아이였습니다.

글씨체가 귀여우니 아마도 귀여운 아이일 게 틀림없습니다. 목소리 톤을 평소보다 한 단계 정도 높여 읽기로 하죠.

"안녕하세요! 저, 마법 총괄 협회 소속인 M이라고 합니다! 아, M이라는 건 필명이고, 진짜 이름이 아닙니다만, 이 투서는 본명이 아니어도 괜찮을까요? 저는 마법사치고는 조금 드문 이름이라고 할까, 이름으로 신분이 들키──" 귀찮으니 생략하겠습니다만, M씨가 보내준 고민 상담인가 봅니다.

"그래서 상담이라는 건……."

서론을 길고 길게 쓴 것에 비해 그녀의 고민은 매우 간단명료한 것이었습니다.

읽어보죠.

"좋아하는 언니에게 평소 감사하는 마음을 담아서 선물을 보내려고 합니다. 뭔가 좋은 게 있을까요?"

흠흠, 과연.

귀여운 고민이지 않습니까. 아름다운 자매애가 느껴지는군요.

저는 마음을 담아서 M씨를 위해 펜을 들었습니다.

상담자 M씨

『당신 같은 여동생에게 사랑받는 언니는 행복한 사람이로군요. 당신의 애정이 담긴 것이라면 무엇이든 기뻐해 주리라 생각합니다. 일단 선물을 계속 보내주죠. 분명 언니는 있는 그대로의 당신을 받아들여 줄 겁니다. 선물한 결과를 꼭 알려주세요. 퍽큐.』

연애 같은 건 해본 적 없지만, 분명 좋아하는 사람의 편지를 기다리는 마음은 이런 것일지도 모른다고 생각했다.

근처 나라의 마법 총괄 협회에 고민 상담을 받는 부서가 생겼다는 소문을 들은 이후, 가만히 있을 수 없게 된 나는 펜을 들어 몇 자 적어 보냈다.

물론 미나라고 하는 이름은 감추었다. 언니에 관한 상담을 했다는 걸 누가 알면 부끄러우니까.

그리고 편지를 보내고 사흘 정도 안절부절못한 끝에, 드디어 오늘이 되어 협회 지부의 내 책상에 예의 그 편지 답장이 와 있었다. 맺음말이 수수께끼지만, 진지하게 고민에 답해주었다. 어디의 누구인지 모르는 상대지만, 비밀을 공유할 수 있는 사람이 생긴 것은 솔직히 기뻤다.

"내 애정이 담긴 거라면 무엇이든……이라."

기쁘다.

나는 편지를 두 손으로 들고서, 배어 나오는 웃음을 아무도 보지 못하게 입가로 가져갔다.

이름도 모르는 투서 담당자가 쓴 편지에서는 희미하게 단 향기가 감돌아서 가슴이 뛰었다.

이것은 나의 상담을 받아준 투서 담당자님의 냄새……?

"좋은 냄새……."

눈을 감았다. 얼굴도 모르는 투서 담당자님이 공상 너머에서 나를 응원해주고 있는 것만 같았다——.

투서 담당자 일레이나 씨

"우물우물우물우물……."

대체로 이 일을 하는 동안은 단것을 먹는 일이 많아졌습니다. 역시 데스크워크에는 단것이 필요불가결하다고 생각합니다.

냄새가 배니까 그만두라고 다른 투서 담당자에게 잔소리를 들었기 때문에 먹을 때는 볼에 먹을 걸 밀어 넣는 설치류처럼 살금살금 먹고 있지만요.

"……아, 그러고 보니."

오늘도 평소처럼 산처럼 쌓인 투서들을 처리하는 날들 속에 있었습니다만, 저는 문득 갑자기 며칠 전에 상담했던 M씨의 그 후의 일이 궁금해졌습니다.

테이블을 보면 답장을 쓰던 중인 투서. 그리고 도넛에서 떨어진 눈가루 같은 설탕.

그렇군요. 며칠 전에도 이런 식으로 설탕을 뿌린 도넛을 먹다가 편지지를 더럽혔죠…….

그러나 도넛 때문에 생각난 것은 아닙니다.

지금 막 읽은 편지에 신경 쓰이는 기술이 있었던 것입니다.

그것은 상담자 S씨라는 분이 보낸 사연이었습니다.

말하길.

"안녕하세요! 내 이름은 S! 아, S라고 해도 물론 본명은 아니고, 사실 본명은 마법사치고는 조금 특이하다고 할까 신상을 들킬——" 네 이제 도입에서 왠지 모를 익숙함이 느껴졌습니다만 문제는 이 길디긴 흥미 없는 이야기 후.

본론 부분입니다.

이렇게 쓰여 있었습니다.

"사실 요즘 들어 여동생의 상태가 이상합니다. 부디 상담해주시면 좋겠습니다만——."

상담자 S씨

"투서 담당자님, 부탁드립니다……!"

어느 날, 나는 심호흡을 한 다음 우체통에 에잇 하고 편지를 넣고, 그리고 잠시 기도를 올렸습니다. 장거리 연애를 하는 아이가 사랑하는 사람에게 편지를 보낼 때도 어쩌면 이런 기분일지도 모르겠군요.

그건 어찌 되었든 내가 어째서 편지를 썼는지를 먼저 이야기해야 할 테지요.

"부탁이에요. 투서 담당자님……!"

사건의 발단은 지금으로부터 며칠 전의 일입니다.

"여동생의 이변을 어떻게든 해주세요……!"

여동생 미나의 상태가 조금 이상해졌던 것입니다.

나는 마법 총괄 협회에 적을 둔 사람이면서 여행자인지라, 기본적으로는 한 장소에 오래 체재하는 일은 없습니다. 하지만 최근엔 한 나라에서 장기 체재를 하고 있습니다.

미나도 그 나라에 체재 중이었고, 자매니까 필연적으로 함께 밥을 먹거나 서로 근황 보고 같은 걸 하기도 했습니다.

어느 날, 미나가 내게 물었습니다.

"후후후. 저기, 언니."

"왜?"

"언니는 어떤 내가 좋아?"

"뭐야그위험함밖에느껴지지않는질문은."

어떤 내가 좋아? 라고 묻지 않는 미나가 좋달까…….

그리고 이날의 대화부터 때때로 이상한 언동이 얼굴을 내보이게 되었던 것입니다.

예를 들면 미나와 함께 밥을 먹으러 갔을 때의 일입니다.

미나는 자리에 앉자마자 파스타 2인분을 주문했습니다. 나도 다른 요리를 주문했기 때문에 당연히 혼자서 2인분을 먹으려는 건가 생각했고, 대식가가 되었구나 하고 언니로서 여동생의 위장 성장에 감탄과 걱정을 했습니다만.

"언니, 이거 줄게."

음식이 테이블에 차려지자마자 미나는 내 쪽으로 파스타 한 그 릇을 밀어놓는 것이었습니다!

어째서일까요? 이해가 안 되지요? 나도 당연히 물었습니다. 그 러자 미나는 성가시다는 듯이 고개를 돌리면서.

"나, 딱히 이렇게 많이 안 먹거든."

그렇게 대꾸했던 것입니다. 이미 이 시점에서 이해가 안 되는 것을 뛰어넘어 공포를 느꼈습니다만, 여동생의 이해할 수 없는 행동은 여기서 그치지 않았습니다. 오히려 이건 시작에 불과했습 니다.

"언니, 이거 줄게."

어느 날의 미나는 남는 거라며 멋진 옷을 대량으로 내게 주었 습니다. 이건 에둘러서 좀 제대로 입고 다니라고 말한 것일까요? 무례하군요!

"그리고 이것도 줄게."

다른 날엔 대량의 책을 건네받았습니다. 더 공부하라는 뜻일까 요? 더더욱 무례하군요!

"이것도 줄게."

그리고 결국에는 현금을 건네주는 지경.

"후후후……."

게다가 심지어 웃고 있는 지경.

이제 무서워!

대체 뭘 하고 싶은 건지 짐작도 되지 않은 탓에 그저 공포만 느껴졌습니다. 게다가 준 것은 착실하게 전부 받아버렸기 때문에, 나중에 "내가 준 만큼 제대로 봉사해야 해"라는 말을 들으면 어쩌나 싶어 떨리는 날들을 보냈습니다.

그러나 어느 날, 나는 미나의 목적을 퍼뜩 깨달았던 것입니다.

그날은 함께 산책을 하다가 미나에게 "언니한테는 내가 가진 걸 전부 주고 싶어"라는 물리적으로도 심정적으로도 너무나도 무거운 대사를 듣고야 말았습니다.

가진 것을, 전부 준다── 여기서 나는 감이 딱 왔던 것입니다.

미나가 요즘 하고 있는 것…… 그것은!

종활이 아닌가!

『종활이란 요컨대 죽을 때가 가까워진 사람이 주변을 정리하는 활동입니다. 떠나는 새는 흔적을 남기지 않는다는 말처럼 뒤에 남겨진 사람들이 곤란하지 않도록 짐을 정리하는 것입니다. 고로 나는 여동생인 M의 일련의 행동에서 종활 같은 분위기를 느꼈습니다. 여동생은 당연하게도 아직 어리고, 병에 걸린 느낌도 없었는데, 어째서……!』

이대로 너무 많은 물건을 주고서 미나가 어딘가로 사라지고 말 것만 같은 기분마저 들었습니다.

그래서 나는 슬퍼하며 초조함을 느끼며 투서를 보냈던 것입니다. 나 혼자서는 도저히 감당할 수 없을 듯한 문제를 문제 해결

전문가에게 보내기로 한 것입니다.

그리고 기도하는 심정으로 투서를 보낸 지 며칠이 지났을 때였습니다.

답장이 왔습니다.

『아마도 그건 종활이 아닐 겁니다.』

편지지에는 깔끔한 글자가 쓰여 있었습니다.

『생각의 비약이 심하네요. 멍청이 씨.』

어이어이 하고 충고하는 듯한 말이 편지 첫머리에 쓰여 있었습니다.

네에? 정말인가요?

그럼 여동생이 최근 보였던 이해할 수 없는 행동은 대체 뭐였다는 겁니까!

가르쳐주세요 투서 담당자님!

『분명 여동생은 성실한 나머지 여러 가지로 고민하고 있을 테죠. 이런 때는 잠자코 안아주기로 하죠. 지금 여동생에게 필요한 것은 소중한 언니가 주는 무상의 사랑입니다. 당신의 사랑으로 여동생을 다정하게 감싸주세요. 퍽큐.』

맺음말이 의미를 잘 알 수 없었지만, 아무튼 여동생을 안아주면 되는 거로군요.

알았습니다. 그럼 여동생을 좀 안고 오겠습니다.

아, 잘못 말했네요. 여동생을 껴안아 주고 오겠습니다!

"…………."

상담자 M 씨

어느 날, 내가 평소처럼 언니에게 물건을 헌상하고 있던 때의 일이었다.

"미나!"

언니가 갑자기 내게 안겨들었다.

"꺅!"

너무나도 갑작스러운 일에 평소 내지 않는 목소리를 낸 나는 비틀거렸다. 그런 내가 쓰러지지 않도록 언니는 나를 세게 끌어안았다.

이게 대체 무슨 일이지⋯⋯?

당황하는 내게 언니는 귓가에서 속삭였다.

"괜찮아. 미나⋯⋯."

평소와 같은 미나면 돼. 무리하게 선물 같은 거 주지 않아도 괜찮아── 그런 말을 언니는 귓가에 속삭였다. 분명 그런 말을 했던 것 같은 기분이 들었지만 내 정신은 포옹당한 시점에서 어딘가 멀리 날아갔기 때문에 기억은 분명하지 않았다.

아무튼 나의 평소 노력이 보답을 받은 것만 같았다.

내 마음은 언니에게 전해졌나 보다.

"나는 무슨 일이 있어도 미나 편이야."

옳지 옳지 하고 언니는 내 머리를 다정하게 쓰다듬었다.

나는 지금이라면 죽어도 좋다고 생각했다.

"미나, 죽으면 안 된다⋯⋯?"

어머나, 우리 서로 마음이 통하는 거야……?

혹시 나의 모든 걸 꿰뚫어 보고 있는 거야? 그건 그것대로 곤란한데…….

가슴의 두근거림까지 들리면 어쩌지.

나는 밀착한 몸을 떼려 양팔에 힘을 실었다. 직후에 언니가 더욱 강하게 끌어안아 왔다. 이제 오늘 죽는다고 해도 좋아.

"죽으면 안 돼. 미나."

나를 죽이려 하는 건 언니 당신이에요.

귓가에 속삭일 때마다 내 머릿속이 바보가 되어가는 것만 같았다.

"그리고 미나가 없어지면 나는 아주 슬플 거야. 그렇게 간단히 내 앞에서 사라지거나 하지 말아줘."

평생 함께해도 되는 거야?

"미나……."

"언니……."

흐아아 하고 입가가 풀어지려는 것을 참으며 간신히 목소리를 짜냈다.

그리고서 겨우 나는 언니의 구속에서 풀려났다. 조금 아쉽기도 했지만, 그대로 줄곧 포옹당하고 있었다면 나는 녹아서 죽었을지도 모른다.

평소보다 가까운 거리에 있는 언니는 방긋 내게 미소 지었다.

그리고 말했다.

"무슨 책에 영향을 받았는지 모르겠지만, 종활 같은 건 아직 일러."

…………

종활이라니, 뭐지?

투서 담당자 일레이나 씨

어느 날, 평소처럼 투서 담당자로서 성실하게 도넛을 먹으면서 일하고 있으려니, 이전 상담에 응해드렸던 상담자 S님에게서 감사의 편지가 전달되었습니다.

말하길, 아무래도 여동생을 껴안아 주자 정말로 여동생의 이상한 행동이 딱 멈추었다고 합니다. 적절한 지시를 내려준 저에 대한 마음으로 감사의 말과 함께 돈이 보내져 왔습니다.

『나는 여동생이 종활로 물건을 주는 거라고만 생각했는데, 역시 투서 담당자님 말대로 달랐던가 봅니다.』

S씨가 말하길, 껴안아 준 후에 오해가 풀렸는지, 여동생은 평소 감사의 마음을 담아서 선물했다는 사실이 밝혀졌다고 합니다.

말하기, 어느 나라의 마법 총괄 협회로 편지를 보내 상담을 했다나요.

이 얼마나 우수하고 적절한 조언을 하는 투서 담당자인가요?

『정말이지…… 뭐든 좋으니까 일단 선물을 주라니 너무한 조언 아닌가요? 말없이 물건이나 돈을 받게 되는 쪽은 의도를 몰라 견딜 수 없이 무서운데 말이죠. 하아, 정말이지. 여동생의 상담 편지를 받은 투서 담당자는 터무니없이 엉터리였다고 말하지 않을 수 없겠네요.』

 ············.

 오호라. 그렇습니까. 엉터리입니까.

『아, 하지만 당신의 대응은 최고였어요! 어쩐지 내가 아는 사람 같은 느낌의 조언이었어요. 고맙습니다. 살짝 독설이 담긴 면도 최고였습니다. 에헤헤.』

 여동생을 껴안아 주고서 투서 담당자에게 헤실거리다니 뭐 하는 건가요 하고 한마디 비꼬아 주고 싶어지기도 했습니다만, 동봉되어 있던 돈의 액수가 꽤 되었기 때문에 저는 독설을 삼켰습니다. 단맛이 나는 건 분명 독설과 함께 도넛도 삼켰기 때문이겠죠.

 애초에 자매 두 사람의 상담을 각각 담당했으니 이 결말은 어느 쪽인가 하면 예정된 것이라는 인상 쪽이 강합니다만──.

 "뭐, 일단 해결했으니 잘됐다고 할까요······."

 저는 투서에 더는 답신을 하지 않고, 받은 편지를 정리했습니다.

 그리고 얼마 후, 여동생인 M씨에게서도 투서가 전달되었습니다.

 M씨라고 하면, 텐션이 조금 이상한 문장을 쓰는 사람이었지요.

 대체 어떤 감사의 말이 적혀 있을까요? 호기심에 이끌려 저는 투서 봉투를 열었습니다.

 "············?"

 그런데 약간 묵직한 봉투 안에 편지는 들어 있지 않았습니다. 이상하네요? 뭔가 들어 있는 감촉은 느껴졌습니다만······.

 저는 시험 삼아 손바닥 위에 봉투를 "에잇" 하고 뒤집어 보았습니다.

데구르르 하고 제 손바닥에 동전이 굴러떨어졌습니다.

끝.

봉투를 들여다보아도 후후 불어보아도 아무리 흔들어보아도, 안에 들어 있는 것은 동전뿐.

돈뿐.

요컨대 M씨는 말없이 돈을 보내온 것입니다.

…………

"무서워……"

상당히 무거운 감사의 마음을 받았던 언니의 기분을 저는 이렇게 몸으로 알게 되었습니다.

크고 또 큰 벽에 둘러싸인 오래된 나라.

벽의 나라.

먼 옛날엔 엘프뿐이었던 배타적인 나라. 그리고 지금은 온갖 종족이 모여드는 멋진 나라.

……라는 말을 듣는 커다란 나라입니다.

긴장이 조금이라도 풀리길 바라며 저는 크게 심호흡을 했습니다.

소심한 저는 입국 심사를 받을 때면 언제나 두근두근합니다. 문을 통과할 때 수상한 사람으로 보이면 어쩌지. 이상한 애라고 여겨지면 어쩌지.

그리고 어린애로 보면 어쩌지. 어린애로 보면 정말 어쩌지. 그리고 무엇보다 어린애로 보면 어쩌지. 중요한 건 세 번 반복해야 합니다.

첫인상이라는 것은 중요합니다.

드레스 코드 같은 게 있으면 어쩌지…….

나라의 문은 저를 맞아주듯 "자, 들어오시죠?"라고 말하는 것만 같은 얼굴로 서 있었습니다만, 아니 아니 이 상냥함에 속아선 안 됩니다. 이렇게 두 팔 벌려 온화하게 맞아들여 주는 나라는 대체로 저 같은 외모의 사람을 그저 어린애라고 판단해서 조금 얕보는 대응을 하곤 합니다. 저는 그것이 정말 참기 힘듭니다.

깔보지 못하게 해야만 해.

이런 건 첫 대면이 중요합니다.

우선은 입국 전에 몸단장을 좀 할까요?

저는 거울을 꺼내 자신의 모습을 확인했습니다. 산호색 머리카락은 흐트러짐 없음. 오늘도 귀엽다. 금색 눈동자. 오늘도 좀 탁하다. 입고 있는 건 마법사의 로브. 흐트러지거나 더러운 곳은 보이지 않습니다. 굳이 말하자면 나이가 백 살인 것치고는 차림이 좀 화려한 것 정도입니다만, 이것은 꼬맹이 같은 외모에 맞춰서 입고 있는 것이라 어쩔 수 없습니다.

그리고서 짐도 확인했습니다. 최소한의 여행 짐에, 옷과 돈, 그리고 소중한 메모가 하나. 평소와 같은 익숙한 물건만이 제 주변에 있었습니다.

즉 아무 문제 없다는 거로군요.

"…………."

저는 이어 가슴을 펴고.

처억하고 문 앞에 섰습니다. 그 얼굴은 "흐읍" 하고 입을 꾹 다물고, 찌릿 미간을 모으고 있었습니다. 매우 자연스럽게 문 앞에 섰다는 사실에 스스로에게 반해버릴 것만 같았습니다.

저를 알아차린 문지기 병사님이 이쪽으로 걸어왔습니다.

겉모습으로 보아 나이는 대략 20대 중반이라 추측됩니다.

자, 신사적인 대응을 해주려무나. 꼬마야.

"여어, 벽의 나라에 온 걸 환영해! 너, 이름은?"

문지기 병사는 아이를 대하듯이 몸을 살짝 굽히며 물었습니다.

키도 그렇고 생김새도 그렇고 아마도 어린아이라고 생각한 것일 테죠. 완전 패배. 역시 친절한 나라는 글렀습니다. 사람을 겉모습으로 판단하다니 이 무슨 어리석은 행동인지!

이건 어른으로서 한마디 해줘야겠군요!

저는 손을 들고서 따끔하게 말했습니다.

"네엣! 마트리시카입니다!"

아앗!

귀엽게 말하는 이상한 버릇이 여기서 화가 되었습니다. 이름을 질문받고 손을 들며 씩씩하게 대답하면 그건 이제 내용물이 몇 살이든 어린아이의 대답일 뿐입니다.

저는 자신의 추태에 실망했습니다. 이제 이 나라엔 들어가고 싶지 않다고 진심으로 생각했을 정도입니다.

"하하핫. 마트리시카구나. 씩씩하네. 몇 살이니?"

"⋯⋯⋯⋯!"

하지만 여기서 예상치 못했던 만회 기회가 찾아왔습니다. 나이를 질문받고 말았군요. 이건 이제 어른으로서의 위엄을 발휘할 큰 기회가 아닐까요?

저의 실제 나이를 들으면 문지기 병사도 태도를 바꾸고 "실례했습니다⋯⋯! 설마 그런 고령일 줄은⋯⋯! 그 나이에 이 얼마나 젊은지⋯⋯!" 하고 경악하며 그 자리에서 무릎을 꿇을 겁니다.

저는 문지기 병사님의 뒤통수를 내려다볼 준비를 하면서 말했습니다.

"백 살입니다!"

참고로 대략 백 살일 뿐, 실제 나이는 저도 잘 모릅니다. 쉰을 넘었을 무렵부터 자신의 나이에 흥미를 잃어버려서…….

하지만 뭐, 괜찮겠죠! 20대 정도인 젊은이에겐 연상이라면 다섯 살 위든 여든 살 위든 중요하지 않은 일. 공경할 대상이라는 사실에 차이는 없습니다.

자, 이번에야말로 신사적인 대응을 해주려무나. 꼬마야.

"오, 백 살이구나. 젊네. 참고로 나는 4백 살이야. 실은 오늘이 생일이거든."

끄앗!

"……그, 그런가요. 축하드립니다……."

저는 백 살 따위에 가슴을 활짝 편 것이 부끄러워졌습니다. 그리고 쉰 살을 넘은 단계에서 자신의 나이에 흥미를 잃었다느니 하는 이야기를 자랑스럽게 피로한 것도 부끄러워졌습니다. 세상, 위에는 위가 있다는 거로군요…….

사람을 겉모습으로 판단해선 안 됩니다. 저는 새삼 절실하게 생각했습니다.

"하하하. 고맙다. 자, 입국 심사는 이걸로 끝났어. 들어가렴."

"그래도 되나요?"

소지품 검사라든가, 그런 건 안 하는 걸까요? 제가 고개를 갸웃거리자 문지기 병사님은 다시 "하하하" 하고 웃으며 말했습니다.

"그래, 30분 정도 전부터 계속 문 앞에서 자신의 소지품 같은 걸 확인하는 모습을 보고 있었으니까. 수상한 물건이 없다는 것쯤은 알고 있어."

....

끄앗!

○

예상치 못한 굴욕을 당하면서도 문을 통과한 저는 여기서 중요한 메모를 펼쳤습니다.

얼마 전에 만났던 재의 마녀 일레이나 씨에게 건네받은 이 메모에는 마녀 나타샤라는 아주아주 장수하고 아주아주 박식한 여성의 소재가 적혀 있습니다.

4백 년 살아온 그녀라면 저의 이 체질에 관해서도 어떤 지식을 갖고 있을지도 모른다는 이야기였습니다.

"언니, 이 과자 먹어봐!" "우리 가게에서 만든 거야! 먹어봐, 먹어봐!"

길을 걷고 있었더니 귀가 긴 종족 아이 둘이 과자를 나눠주고 있었습니다.

"응? 그래도 되나요?"

언니라고 불러준 것이 기뻐서 저는 두 사람에게 과자를 받아 베어 물었습니다. 달콤한 맛이 입에 천천히 퍼져서 행복한 기분.

이 나라는 다양한 종족 사람들이 모여 사는 조금 특수한 나라처럼 여겨졌습니다.

"오호홋. 그거 알아? 이 나라는 어떠한 종족의 사람이라도 받아들이거든."

길을 걷고 있으려니 박식해 보이는 아가씨가 남성들에게 말을 걸고 있었습니다.

"역시 박식해……." "너무 박식해서 말도 안 나와……." "훌륭한 지식입니다. 아가씨!" "아가씨 같은 분도 받아들여 주는 멋진 나라라는 거군요." "잠깐 그게 무슨 뜻이야 아가씨께 시비를 거는 건가?"

둘러싼 사람들이 감탄하고 있는 바로 옆을 저는 표연히 스쳐 지나갔습니다.

확실히 걸으면 걸을수록 다양한 종족이 여기에 있는 것처럼 보였습니다.

예를 들면 지금 제게 과자를 준 것은 엘프 여자아이들이었고, 길을 걷고 있는 사람들은 뿔이 자라난 수인이거나, 박쥐 같은 날개가 자라난 마족이거나, 혹은 평범한 인간이거나, 마법사거나, 다종다양.

그러나 서로의 차이를 의식하는 듯한 분위기는 찾아볼 수 없었습니다.

이 나라에서는 종족과 관계없이 모두가 똑같은 평범한 사람일 뿐인가 봅니다.

이런 멋진 나라에 사는 마녀님이니 분명 멋진 사람일 게 틀림없습니다. 갑자기 기대가 커졌습니다.

그런고로 저는 룰루랄라 하는 기분으로 거리를 걸었습니다.

어쩌면 이 나라에서 찾을 수 있을지도 모릅니다.

제 몸을 고칠 방법.

어떤 병에 걸려도, 목을 매도, 아무리 피를 흘려도, 아무리 시간이 흘러도, 결코 숨이 끊어지지 않는 불사신의 목숨을 고치는 법을——.

"아얏!"

걸으면서 진지하게 생각에 잠겨 있었기 때문일까요? 다가오는 사람을 알아차리지 못했나 봅니다.

꿍하고 제 머리가 무언가 딱딱한 것에 부딪혔습니다.

아픈 이마를 반사적으로 감싸면서 고개를 들자, 키가 큰 여성의 모습이 보였습니다. 아무래도 그녀와 부딪히고 만 모양입니다.

"…………."

저를 내려다보는 그 눈은 냉담 그 자체. 머리카락은 청백색, 눈동자는 금색. 세련된 차림으로 몸을 감싸고 있었습니다.

아마도 연하일 테지만 부딪힌 것은 저입니다. 사과하지 않으면 안 됩니다.

저는 어리게 보인다는 어드밴티지를 최대한으로 살려 눈에 눈물을 글썽이며 사과를 하기로 정했습니다.

"죄, 죄송합니——."

"으엉?"

찌릿하고 청백색 머리카락의 여성이 나를 노려보았습니다. 벌써 잊어버린 겁니까? 나! 이 나라는 다종다양한 종족이 사는 나라! 그건 다시 말해서 어린아이 같은 외모라 해도 가차 없다는 것이 아닐까요?

청백색 머리카락의 여성은 오들오들 떠는 제 어깨에 툭 손을 올려놓았습니다.

까악!

뜯길 거야!

"너, 이름은?"

이 타이밍에 어째서 묻는 건가요? 무덤에 이름을 새기기 위해서인가요? 저는 이제 죽는 건가요? 하지만 저는 불사신인데 무덤에서 나올 텐데 괜찮은가요?

"저기…… 마, 마마마, 마트리시카입니다."

"그래."

쿨하게 고개를 끄덕이는 청백색 머리카락의 여성.

"이 몸이 네게 딱 맞는 이름을 지어주지. 쪼그맣고 고양이 같으니 고양이라고 하면 어떠하냐?"

"네?"

이름을 물은 의미는 대체?

"그래. 그럼 네 이름은 지금부터 고양이다. 그나저나 고양이는 지금 시간이 있느냐? 인원이 부족해서 곤란하던 참이다."

"네? 아니 지금부터 조금 용건이…….""

"그래, 좋은가! 고양이, 분위기를 아는구나! 너는 필시 친구가 많을 테지?"

혹시 지금 우리는 서로 다른 언어로 말하고 있는 걸까요?

일단 상대 여성은 화난 것 같지 않았기 때문에 가슴을 쓸어내렸습니다만, 그러나 다른 의미에서 성가시다고 하는 재난이랄까, 조금 말이 통하지 않는 분과 충돌하고 말았나 봅니다.

저는 곤란해졌습니다.

이제부터 마녀 나타샤가 있는 곳에 가야만 하는데. 이런 사람을 상대하고 있을 시간은 없습니다!

"죄송합니다. 지금 마트리시카는 좀 바쁜지라!"

이만 실례하겠습니다!

저는 빙글 발길을 돌려 걸음을 내디뎠습니다. 도망쳐버리면 그걸로 끝입니다. 후후훗.

"부딪혀놓고 그건 아니지. 그렇지? 고양이."

덥석 하고 조금 전보다 상당히 세게 어깨를 잡힌 저, 마트리시카.

"............."

끄앗!

○

부딪친 시점에서 이리될 운명은 피할 수 없었던 것일 테지요.

그리고서 저는 이름도 모르는 청백색 머리카락의 여성에게 질질 끌려서──.

"참고로 이 몸은 루세라라고 한다. 잘 부탁한다. 고양이. 너와는 친해질 수 있을 것 같으니 특별히 루세라 씨라 부르게 해주마. 부르지 않으면 너를 베겠다."

"히익……."

아무튼 루세라 씨에게 끌려갔고, 그리고 제가 도착한 곳은 마을 광장.

루세라 씨의 친구로 보이는 분들이 이미 몇 명인가 모여 있었습니다.

　만난 지 아직 몇 분밖에 지나지 않았지만, 저는 루세라 씨의 친구라는 분들은 분명 말 여기저기에 "우잇──" "히잇──" 같은 기성을 끼워 넣지 않으면 대화를 할 수 없는 타입인 분들이 틀림없을 거라고 생각했습니다. 그러나 광장에 있던 것은 의외로 깔끔한 차림을 한 정숙한 여성들이었습니다.

　"정말! 루세라 늦었잖아!" "기다리다 지쳤어." "오늘은 안 오는 건가 했어." "옆에 있는 애는 누구야? 새로운 사제?" "귀여워!"

　정숙한 여성들은 루세라 씨가 도착하자 발랄한 분위기로 맞아 주었습니다. 처음 보는 그녀들에게 쓰다듬을 받은 저도 그리 싫지는 않은 기분입니다. 에헤헤헤헤.

　그러나 대체 그녀들과 무얼 하려는 것일까요?

　"그래, 다 모였구나! 그렇다면 가자! 모두! 전쟁이니라!"

　위험한 말과 함께 호령하는 루세라 씨. 일찌감치 가슴속 깊은 곳에서부터 돌아가고 싶다는 감정이 넘쳐 나왔지만, 거역하면 그건 그것대로 험한 꼴을 당할 것 같았기 때문에 저는 순순히 따라가기로 했습니다.

　루세라 씨를 포함해, 모인 분들의 특징으로 보건대 예쁜 옷이 더러워지고 마는 일은 하지 않을 터입니다.

　전쟁이니 하는 말을 쓰기는 했지만, 하는 일은 분명 어떤 식사 모임이나 그런 느낌일 테지요. 마트리시카 똑똑해.

　"이제부터 뭘 먹는 건가요?"

저는 식사 모임이라 결정짓고서 루세라 씨에게 물었습니다. 그러자 그녀는 "이런. 너에게는 아직 말하지 않았구나"라며 웃고, "먹는 거라고 하면…… 뭐, 파이다"라고 말했습니다.

"파이!"

순간 기분이 고양되는 알기 쉬운 저.

오히려 이건 공짜로 파이를 먹을 수 있게 되어 러키가 아닌지? 그런 생각을 하면서 역시 룰루랄라 기분.

그리고 곧이어 우리는 전장에 도착했습니다.

그곳은 정숙한 여성들과 아주 잘 어울리는 세련된 카페――가 아니라 어째선지 평범한 광장이었습니다. 그리고 어째선지 광장 여기저기에 대량의 파이가 준비되어 있었습니다. 어라라? 안 좋은 예감이 드는데요?

"오늘은 파이 던지기 대회의 예행연습을 실시한다. 너희. 죽고 살기로 임해라."

정숙한 여성들은 루세라 씨의 호령에 맞춰서 제각기 파이를 손에 들었습니다. 어라라? 무얼 할 셈인가요?

"어이, 고양이. 너는 이 몸의 팀으로 들어와라."

휙 하고 그야말로 고양이처럼 뒷덜미를 잡혀서 연행되는 저. 이제부터 뭐가 시작되는 겁니까……? 하고 현실과 이상의 격렬한 낙차에 어쩔 줄 몰라 하는 제게 루세라 씨는.

"파이 던지기 대회니라. 서로 파이를 던져서 더러워지지 않은 쪽이 승리다."

그런 간단명료하면서 이해시킬 마음이 전혀 없는 설명을 던졌습니다. 그리고 동시에 파이도 던졌습니다. 이리하여 전쟁이 시작되었던 것입니다.

하늘을 날아다니는 크림이 듬뿍 올라간 하얀 파이.

"히, 히이이익······!"

대체 무슨 일이 일어나고 있는 것인지도 이해하지 못한 채 파이가 날아다니는 현장에서 머리를 끌어안고 쭈그려 앉은 저. 그야말로 전장을 처음 경험한 신입 그 자체가 아닐까요?

정숙한 여성들이라고 생각했던 분들은 파이 던지기 대회가 시작되자마자 마치 던질 상대가 부모의 원수라도 되는 양 서로 파이를 던졌습니다.

"꺄아악!"

그리고 전장에서 몸을 웅크리고 있으면 절호의 표적이 되는 법입니다. 저는 온몸에 집중포화를 당했고, 새하얘져서 그 자리에 쓰러졌습니다.

초심자에 대한 배려라는 것이 이분들에게는 없는 걸까요?

"고, 고양이이이이이이이!"

무참한 모습이 된 저를 끌어안는 루세라 씨.

"잔혹하구나······! 대체 누가 이런 짓을."

당신입니다.

"크윽······! 네 원수는 이 몸이 반드시 갚아주마! 기다려다오!"

그렇게 말하는 당신도 표적이 되어 있습니다.

우리는 그렇게 자리에서 일어나 주변에 있던 파이를 들어 상대 팀의 정숙한 여성들에게 던졌습니다.

꽃 같던 색색의 차림이, 온갖 종족의 그녀들이, 모두 크림과 미소로 물들어 갔습니다.

한번 질퍽질퍽해지고 나면 이제 여러 가지로 어찌 되든 상관없어지는 법입니다. 한번 던지기 시작하니 신기하게도 이쪽도 점점 즐거워졌던 것도 부정할 수 없었습니다. 이러쿵저러쿵하면서도 저는 루세라 씨와 함께 전쟁이라는 것을 만끽했습니다.

그리고 얼마 후.

대략 10분 정도 서로 던졌을 무렵이었을까요?

"자아, 예행연습 끝! 제법 괜찮았다. 이거라면 축제 개최는 문제없겠구나. 그럼 오늘은 해산!"

루세라 씨가 짝하고 손뼉을 치고 끝. 여성들도 그 자리에서 온화하면서도 정숙하게 "즐거웠어" "그렇지?" 하고 다과회를 마치고 돌아가는 듯한 분위기로 대화를 나누면서 흩어져 갔습니다. 크림투성이가 아니라면 좋은 그림이 되었을 테지요.

아무튼 이걸로 파이 던지기 대회는 끝이겠군요!

그럼 저는 이만──.

"어이, 고양이. 다음 이벤트에 가자꾸나."

"엑?"

루세라 씨는 그대로 저를 연행했습니다. 어라라? 거부권은? 이제 해산인 게 아닌지?

영문도 모른 채 어리둥절해하는 저에게 루세라 씨는 산뜻한 미소를 지어 보이며 터무니없는 말을 지껄였습니다.

"오늘은 밤까지 축제와 이벤트에 계속 참여할 테니 마지막까지 잘 부탁한다."

그 한마디에 저는 오늘이라는 날이 죽을 만큼 힘든 하루가 되리라는 사실을 깨달았습니다.

뭐, 불사신이라 죽는 일은 없습니다만.

○

그렇게 저는 루세라 씨의 선언대로 밤까지 끌려다니게 되었습니다.

하지만 우선 그 전에, 우리의 차림이 크림투성이라 도저히 이벤트나 축제에 참가할 수 있을 만한 상태가 아니라는 것은 이해하고 계시리라 생각합니다. 그래서 저는 "이 차림은 마트리시카로서는 축제에 적절하지 못한 느낌이에요오" 하고 은근슬쩍 부드럽게 전했습니다. 운 좋게 그 후의 예정이 취소되었으면 하고 생각했습니다.

"다음 예정은 가장 파티니까 괜찮다."

으으응?

그건 즉.

"혹시 이 차림 그대로 간다는 건가요……?"

"뭐? 너는 머리가 멍청한 건가?"

"억지로 파이 던지기 대회에 끌고 갔던 사람에게 듣고 싶지 않은 말이에요……."

"가장하기 전에 옷을 갈아입을 테니 그때 샤워를 하는 게 뻔하지 않으냐."

"아, 과연. 그런 거였나요! 그럼 안심이에요!"

저는 그렇게 가슴을 쓸어내리다가, 애초에 자신도 참가한다는 것을 전제로 이야기하고 있다는 사실을 깨달았습니다. 혹시 나, 기대하고 있나……?

그리고서 얼마 후 우리는 루세라 씨의 선언대로 가장 파티 회장을 찾아갔습니다. 신기하게도 파티 회장인 커다란 가게에 도착하자, 나름대로 비상식적인 차림새를 하고 있었음에도 점원분들은 마치 우리가 방문할 것을 알고 있었던 양 수건을 건네며 샤워를 할 수 있게 안내해주었습니다.

이 얼마나 좋은 분들인가요. 저는 샤워와 인간의 따뜻함에 몸도 마음도 따끈따끈해졌습니다.

그리고 샤워를 마치고 돌아온 우리는 가장을 했습니다.

"봐라. 어떠하냐? 고양이, 드래곤 코스튬이다."

크아앙 하고 루세라 씨가 사냥감을 문 집고양이 같은 의기양양한 얼굴로 나타났습니다. 드래곤 코스튬이라고 말하는 그녀의 머리는 드래곤의 입안에 쏙 들어가 있었습니다.

"그건 세간에서 일반적으로 말하는 인형 탈이라는 게 아닌가 싶은데요……."

"그런 사소한 건 신경 쓰지 않아도 괜찮다."

괜찮은 건가요?

"그나저나 네 가장은 어째서 꼬리가 두 개나 있는 것이냐?"

"후후훗. 어라라? 모르시는 건가요? 오래 산 고양이는 꼬리가 두 개 달렸거든요. 야옹."

"하지만 너는 고양이가 아니지 않으냐."

"그거, 가장을 한 사람한테 해도 되는 말인가요?"

가장 파티는 그 후 예정대로 열렸습니다. 들어보니 이곳은 되고 싶은 자신이 된다가 콘셉트인 음식점으로, 정기적으로 가장 파티를 열고 있다고 합니다.

회장은 그 이름에 걸맞게 가지각색의 차림을 한 사람들로 넘쳐나고 있었습니다. 예를 들면 의사거나, 검사거나, 마법사거나, 흡혈귀 같은 차림이거나, 수인 같은 차림이거나.

저는 여기서도 또 파이가 날아다니는 건가 싶어 방어 태세에 들어갔습니다만, 이 음식점에서는 평범하게 맛있는 식사를 만끽하고 끝났습니다. 다종다양한 종족이 모이는 나라답게 요리도 다종다양. 저는 완전히 식사에 푹 빠졌습니다.

이 나라 좋아…….

가장 파티가 끝나자 점원이 불러 세웠습니다.

"아, 손님. 입점 때 입었던 옷을 세탁해두었습니다."

이 가게도 좋아…….

아무래도 우리가 야옹거리는 사이에 가게의 마법사가 서둘러 빨아주었나 봅니다.

"고맙습니다. 이렇게 친절하게 대해주다니…… 마트리시카 기뻐……."

돌아온 옷은 뽀송뽀송했습니다.

"후후후. 루세라 씨의 일행이신걸요. 이 정도는 당연하죠."

제게 답한 점원은 기쁜 듯이 웃어주었습니다.

이렇게 우리는 가게를 뒤로했습니다. 그러나 밤까지 축제와 이벤트에 계속 참여할 거라던 말대로, 곧장 다른 회장까지 연행되었습니다.

다음 행사는 마을의 길을 통째로 빌려 열렸습니다.

"우와아! 커다래."

말하길, 신의 축제라고 불리는 행사라고 합니다. 저도 처음이라 잘 몰랐습니다만, 왕좌 같은 크고 화려한 의자를 어른 여럿이 짊어지고 이동하는 것인가 봅니다.

그리고 더욱 잘 모르겠습니다만 어째선지 저와 루세라 씨가 영차 하고 왕좌에 앉게 되었습니다.

……어째서?

가장 파티 회장에서도 그랬습니다만, 루세라 씨의 취급이 예사롭지 않은 것만 같습니다.

"루세라 씨는 뭐 하는 사람인가요?"

"이 몸은 신이다."

"…………."

들어도 잘 모르겠습니다. 그리고 잘 모른 채로 이 행사는 끝났습니다.

그 후로도 저는 여기저기로 끌려다녔습니다.

"어느 마을에서는 귀여운 아이가 포도를 꾹꾹 하면 맛있는 와인이 만들어진다고 하는 행사가 있다고 하더군."

"꾹꾹이라니 뭔가요?"

"그건 나도 잘 모른다."

그건 혹시 포도 밟기 행사인가요?

"이봐라, 고양이. 이걸 읽거라."

"글자를 못 읽나요?"

"이 몸은 남에게 읽게 하는 게 좋다."

혹은 남이 읽은 헌책을 나누는 조용한 행사거나.

"너는 목이 마르지 않나?"

"벌써 해가 지기 시작하네요. 배도 좀 고픈 것 같아요."

"그렇다면 네게 딱인 좋은 행사가 있다."

혹은 세계의 맥주를 맛보는 행사거나 했습니다.

다종다양한 온갖 사람이 길에 생긴 노점들을 천천히 나아갔습니다. 광장에 다다르자, 이 행사를 위해 준비된 벤치에 앉은 사람들이 웃고 떠드는 모습이 보였습니다.

루세라 씨는 노점에서 팔던 양고기꼬치를 우물우물 먹으면서 "너 마시고 싶은 맥주가 있나?" 하고 물었습니다.

하지만 마트리시카는 외모적으로는 미성년자니까.

"미안합니다. 술은 좀."

완곡히 거절하기로 하죠. 그러나 루세라 씨는 이상하다는 듯이 고개를 갸웃거렸습니다.

"너 술을 못 마시는 건가?"

"으음…… 아뇨, 못 마신다고 할까…… 이런 외모니까요."

"너 외모만큼 어리지 않을 텐데."

그 말을 듣고 퍼뜩 깨달았습니다.

주변을 둘러보면 어린아이 같은 외모의 여자아이──제가 입국했을 때 본 엘프 여자아이들이 맥주를 벌컥벌컥 들이키고, 일을 마친 후엔 역시 이거지! 하고 마치 한참 전에 성인이 된 지친 사회인 같은 말을 내뱉고 있었습니다.

이 나라에서 외모 따윈 전혀 상관없는 것입니다.

사양할 필요는 없다는 뜻일 테지요.

"오늘 하루 같이 어울려준 답례다. 이걸로 원하는 만큼 사라."

루세라 씨는 제 손에 금화를 툭 올려놓았습니다.

금화!

"이, 이런 큰돈을 받아도 되나요……?"

손이 떨렸습니다. 감동입니다. 이만큼 있으면 얼마든지 언제까지고 마음껏 먹고 마실 수 있지 않습니까!

"시, 신이시여……!"

저는 루세라 님에게 기도를 바쳤습니다.

이미 맥주 두 잔째에 돌입한 우리 여신 루세라 님은 붉어진 얼굴로 말씀하셨습니다.

"하하핫! 그러니라, 그러니라. 고양이, 이 몸을 숭배해라! 이 몸의 말은 전부 이 세계의 진리! 이 몸이 만진 것은 이 세상에서 가장 존귀한 것! 이 몸한테서 나온 것은 전부 이 세계에서 가장 정결한 것이라 여겨라!"

"네엡!"

그리고서 얼마 후, 신 루세라 님은 이 세계에서 가장 정결한 것을 대량으로 그 입에서 흘려 내보냄으로써 더러운 대지를 정화했습니다.

요컨대 토했다는 말입니다.

"우에에에에…… 기분 나빠……."

신은 죽었습니다.

지금의 루세라 씨에게는 조금 전과 같은 기세는 없었습니다.

아무래도 축제 분위기에 지나치게 들떴나 봅니다. 얼굴을 잔뜩 찡그리면서 키 작은 제 어깨에 기대어 걷는 모습에서는 애수조차 감돌았습니다.

무모한 짓을 하는 젊은이를 나무라는 것은 연장자의 역할일 테지요.

저는 "나 지금 좀 화났거든요" 하는 분위기를 전면으로 내보이면서 루세라 씨를 뚱한 눈으로 바라보았습니다.

"정말이지…… 그렇게 무모하게 마시니까 이렇게 되는 거잖아요. 마트리시카가 없었으면 어쩌려고 했어요."

"으엉? 뭣이라? 너 어린애 주제에 이 몸에게 잔소리를 할 셈이냐?"

"댁은 어디인가요?"

"오른쪽……."

네네, 하고 고개를 끄덕이고 저는 골목을 오른쪽으로 꺾었습니다.

"그리고 말인데요, 마트리시카는 어린애가 아닙니다. 이래 봬도 백 살이거든요."

어때요? 깜짝 놀랐죠?

"하! 고작 백 살인가. 역시 어린애구나."

뭐라고요?

"그럼, 그러는 루세라 씨는 몇 살인가요?"

시비를 걸어온다면 받아쳐 주겠습니다. 저는 딱히 의식하지 않고 루세라 씨에게 나이를 물었습니다. 물은 후에, 이런! 하고 생각했습니다.

이 흐름은…… 저보다 상당히 연상이라 충격을 받는 패턴!

입국 때 무의식중에 그만 끄앗! 해버린 씁쓸한 일이 뇌리를 스쳐 지나갔습니다.

이번에도 구체적인 나이를 꺼내서 어린애 취급을 할 거야……!

하고 생각했습니다만.

"어머, 루세라. 돌아왔구나."

아무래도 루세라 씨의 집은 바로 앞이었나 봅니다. 어느 민가에서 한 할머니가 훌쩍 나왔고, 우리를 보자마자 한숨을 내쉬었습니다.

"또 과음했구나. 정말이지……."

루세라 씨의 할머니인가요? 그녀는 제게서 루세라 씨를 넘겨받더니, "너는 루세라 친구니? 고맙구나. 여기까지 데려와 줘서"라며 눈을 가늘게 떴습니다.

이 할머니는 아주 친절하고 좋은 사람이었습니다.

"늦게까지 끌려다니느라 고생했겠구나. 원래대로라면 차라도 대접하고 싶은데, 시간이 늦었지……?"

익숙한 손놀림으로 물 흐르듯 루세라 씨를 집 안까지 데려가더니 곧바로 다시 돌아와 물었습니다.

"집은 이 근처니? 괜찮으면 데려다줄까? 밤늦게 혼자 돌아다니는 건 위험하니까."

얼마나 좋은 사람인 겁니까…….

방약무인을 그림으로 그린 듯한 루세라 씨와 함께 살고 있다고는 생각할 수 없을 만큼 마음씨 좋은 분이었습니다.

그러나 마음은 감사하지만 제겐 데려다 달라고 할 집이 없습니다.

여행자니까요.

"……실은 저, 이 나라에 온 지 얼마 안 돼서."

어느 숙소에 묵을지도 아직 정하지 못했습니다. 이 근처에 숙소는 없나요?

저는 마음씨 좋은 할머니의 제안을 거절하면서 그렇게 물었습니다.

"어머나."

할머니는 놀란 듯한 반응을 보이면서도 내심은 그리 놀라지 않은 듯 보였습니다.

바로 방긋 웃으며 할머니는 말했습니다.

"미안하구나. 루세라는 이 나라에 살기 시작하고부터 자주 여행자에게 참견을 하게 되었거든…… 나도 애를 먹고 있단다."

그리고서 할머니는 친절하게도 이 나라의 지도를 주었습니다. 아무래도 할머니가 사는 민가는, 집이면서 책방이기도 한가 봅니다. 가지고 나온 지도는 파는 물건이었습니다.

"이건 오늘의 사죄."

그리고 그녀는 지도 위에 표시를 했습니다. 여기서 가까운 숙소로, 가격도 싸고 지내기 편한 곳이라고 합니다. 저는 감사의 마음을 인사에 담았습니다.

"그나저나 너는 뭘 하러 이 나라에 온 거니?"

흥미 본위일까요? 저 같은 조그만 여자아이가 루세라 씨 같은 어른과 온종일 함께 있던 것이──취한 그녀를 데리고 집까지 온 것이 조금 걸렸는지도 모릅니다.

얼버무릴 필요는 없겠지요. 이 나라에서 외모는 그저 정보에 지나지 않으니까요.

"사실은──."

말하면서 품에서 꺼낸 것은 이전에 여행자에게 받은 메모. 마침 눈앞에 지도가 있고, 박식해 보이는 할머니가 계십니다.

숙소와 함께 표시해달라고 하죠. 그런 속마음과 함께 사정을 주절주절 이야기했습니다.

자신의 몸이 불사신의 몸이라는 것.

불사신의 몸을 해소할 방법을 찾아 여행을 하고 있다는 것.

어느 날, 마녀와 만났던 것. 그 마녀가 말하길, 이 나라에는 장수한 마녀가 있고 분명 힘이 되어줄 거라고 했던 것──.

전부 이야기했습니다. 제가 이야기하는 사이에 시종 고개를 끄덕이던 할머니는 이야기를 마치자마자 "과연 그렇구나" 하고 고개를 끄덕이고 지도 위에 표시를 해주었습니다.

어머나, 얼마나 눈치가 빠른지! 마트리시카 감격입니다!

"고맙습니——."

하고 기세 좋게 감사의 마음을 인사에 담으려 했습니다만, 문득 할머니가 해준 표시에 위화감을 느꼈습니다.

마녀 나타샤의 집이라며 해준 표시는, 오늘 제가 묵을 숙소 바로 옆에 있는 책방.

마침, 제가 지금 있는 곳에 되어 있던 것입니다.

어라라?

이건 무척 이상한데요? 이건 즉, 요컨대, 제가 지금 이야기를 나누고 있는 여성이 바로 마녀 나타샤라는 것이나 다름없다는 말이 아닌가요?

아니 아니 설마. 그런 기적 같은 우연이 있을 수 있는 겁니까? 저는 다시 할머니의 얼굴을 들여다보았습니다.

그녀는 웃는 얼굴로 말했습니다.

"오늘은 너무 늦었어. 내일 다시 오렴."

차를 대접할 테니까——하고.

○

다음 날 점심 무렵에 할머니의—— 아니, 마녀 나타샤의 가게를 찾아갔습니다.

어제부터 오늘 낮까지 여러 가지로 불로불사에 관해 조사해준 모양입니다. 제가 안내받은 방에는 오래된 문헌이 몇 개나 쌓여 있었습니다.

"오래 살고 볼 일이야. 설마 불로불사인 인간과 만나다니."

왠지 즐거워 보이는 나타샤 씨는 우선 제 몸을 체크했습니다. 병을 진찰하듯 눈을 보고, 입을 들여다보고, 그리고 타액을 조금, 소매를 걷어 피를 조금.

각각 채취했습니다.

이전까지의 저였다면 이 시점에서 "좀 위험한 연구자일지도 몰라"라며 방어 태세에 들어갔을 테지만, 그러나 애초에 마녀 나타샤 씨는 줄곧 찾고 있던 장수한 마녀님이고.

"호오. 너 불로불사냐. 제법 하는구나."

무엇보다 루세라 씨 같은 자유인과 함께 살고 있으니 나쁜 사람은 아닐 테지요.

참고로 자유인 루세라 씨는 술에 취한 다음 날에도 그 자유로움은 건재해서 불사신이라는 사실을 알자마자 제 뺨을 "헤이헤이" 하고 꾹꾹 누르거나, "에잇" 하고 꼬집어 보거나, 그리고 "이건 어떠냐" 하고 코를 잡아보거나, 한동안 그런 식으로 제 얼굴을 가지고 논 다음.

"그럼, 이 몸은 오늘 좀 기분이 좋으니 놀고 오겠다."

그렇게 나가버렸습니다. 어제도 정신없이 놀았던 건, 오늘과 마찬가지로 기분이 좋았기 때문일까요?

"너는 언제나 기분이 좋잖아"라는 나타샤 씨의 가벼운 비꼼은 아마도 루세라 씨의 귀에는 들리지 않았을 테지요.

지나치게 자유인이야……

한편, 기다리는 사이에 나타샤 씨는 제게서 채취한 것을 뭔지 모를 액체와 섞거나, 불에 그슬려 보거나, 흔들어보거나, 저로서는 잘 모를 일을 끝없이 계속했습니다.

"과연."

그렇게 그녀가 무언가 실마리를 잡은 것은 루세라 씨가 가게를 나간 지 몇 분 후의 일이었습니다.

지금까지 수십 년 동안 줄곧 함께해온 특이체질의 정체가──불사의 병의 정체가, 판명된 것일까요?

꿀꺽, 하고 숨을 삼켰습니다.

그리고 마음의 준비를 할 틈도 없이 나타샤 씨는 담담하게 말하기 시작했습니다.

"실은 어제, 네 이야기를 듣고 조금 신경이 쓰여서 오래된 문헌을 찾아봤단다. 옛날부터 불로불사의 존재는, 목격된 예가 몇 개 존재하더구나."

역시 다종다양한 종족이 모인 나라. 그리고 척 보기에도 오래 전부터 운영되었을 책방.

나타샤 씨는 오래된 책을 몇 권인가 넘기고, 테이블 위에 펼쳐 주었습니다.

"불로불사라고 하면 많은 연구자가 바라마지않는 영원한 테마. 결론부터 말하자면 조사할 수 있는 만큼 조사했지만, 대부분이 불로불사와는 관계없는 연구 논문이거나, 혹은 그저 수상쩍은 것이었단다."

예를 들면 어쩌다 보니 장수할 뿐인 종족── 흡혈귀를 불로불사로 연구한 논문이거나, 근거 없는 망언을 불로불사가 되는 방법으로 기록한 수상한 논문이거나.

즉, 불로불사라는 말에 사람들이 낚이는 것을 구실로 삼아 적당한 걸 써서 주목을 받으려 한 자들뿐이었다는 것일 테지요.

오래된 것이 좋다고만은 할 수 없겠죠.

"그럼 소용없었다는 건가요……?"

모처럼 여기까지 왔는데…… 속상합니다…….

추욱, 하고 고개를 떨어뜨리는 저. 그러나 나타샤 씨는 그런 제게 다정하게 미소 지어주었습니다.

어라라? 혹시 그건 희망이 있다는 겁니까?

"조사해본바, 유감스럽게도 불로불사의 문헌 중에 네게 도움이 될 만한 건 하나도 없었단다."

네 희망 없습니다!

나타샤 씨에게 마음을 농락당한 마트리시카는 완전히 부루퉁해졌습니다. 아, 더는 못 해먹겠습니다.

"그러나 불로불사 이외의 연구 논문 중에 흥미 깊은 게 있었지."

"네? 뭔가요?"

휙 하고 손바닥을 뒤집어 다시 적극적이 되는 저. 다시 희망이 보이기 시작한 기색이지 않은가요?

순간 눈을 반짝이는 제 앞에, 나타샤 씨는 오래된 책을 내려놓아 주었습니다.

말하길, 그것은 먼 옛날, 250년 전에 살았던 마녀가 쓴 연구 논문이라고 합니다. 펼친 페이지의 한 문장을 나타샤 씨가 손가락으로 짚었습니다.

"마력 소비 체질."

그것은 250년 전에 살았던 마녀가 만난 여성에 관한 기술이었습니다. 나타샤 씨가 천천히 소리 내 읽었습니다.

"그 여성은 어떠한 병에 걸려도, 어떠한 부상을 당해도 결코 죽지 않았다. 죽기는커녕 이상한 회복 속도로 순식간에 빈사의 상태에서 되살아났다. 내가 만났던 시점에서 여성의 나이는 마흔을 맞이하고 있었다. 그러나 그 외모는 대략 20대로 보였다——."

그것은 마치.

"나, 같아……."

문헌에는 여성의 출신도 적혀 있었습니다. 무엇 하나 특별할 것 없는 평범한 집에서 태어난 여성이었다고 합니다. 특별한 일 따위 아무것도 하지 않고, 그러나 나이를 먹는 일 없이, 주변에서 꺼림직하게 여겨져 고립되어 있었다고 합니다. 그러던 중에 만난 것이 마녀였다——.

"아무래도 이 마녀는 오랜 시간에 걸쳐 여성을 여러 가지로 조사한 모양이더구나. 자신이 불로불사가 되기 위해서였는지, 아니면 뭔가 다른 목적이 있었던 거였는지는 모르겠다만——."

결국 그 후로 먼 옛날의 마녀는, 여성의 이 체질에 관해서 하나의 결론을 이끌어냈다고 합니다.

나타샤 씨는 페이지를 넘기고, 천천히 이야기했습니다.

"이 여성은 자신의 신체에서 마력을 소비하는 특이체질이었나 보더구나—— 마력을 소비하는 것으로, 신체의 연령을 거의 일정하게 유지한 모양이야. 본인의 의사와는 관계없이 말이지. 여성이 다치거나 병에 걸려도 바로 나아버린 건, 과잉 작용하는 마력이 몸의 상처나 병을 멋대로 고쳤던 것이 원인이었어."

"즉, 저도 그 아이와 마찬가지로 마력이 몸 안에서 늘 계속해서 소비되고 있다는 건가요……?"

불로불사의 메커니즘을 알았어도 제가 죽지 않는 몸이라는 것에 변함은 없지만——.

"그러고 보니 너는 마법을 쓸 수 있지?"

나타샤 씨가 물었습니다.

제가 고개를 꾸벅이자 "그래" 하고 작게 중얼거리곤 책 페이지를 손가락으로 짚었습니다.

"250년 전에 살았던 이 여성은 마법을 쓸 수 없었던 모양이야. 하지만 마력을 스스로 낭비하는 체질이었다—— 너와는 그 점이 다르지."

"그 여자아이는 그 후 어떻게 되었나요?"

"글쎄?"

어떻게 됐을까? 하고 나타샤 씨는 저와 마찬가지로 고개를 갸웃거리고, 그리고서 들여다보듯 책 페이지를 몇 장 넘겼습니다만, 결국 다시 돌아왔습니다.

그 후의 일은 아무것도 쓰여 있지 않았던 것일 테지요.

결국 그 여성의 체질을 고칠 방법을 찾았는지도, 못 찾았는지도.

알지 못한 채, 분명 마녀는 여성을 조사하기를 그만둔 것입니다—— 혹은, 여성보다도 먼저 수명이 다하고 말았는지도 모릅니다.

분명 답을 이끌어내지 못했던 것입니다.

"즉, 제 체질을 고칠 방법은 어디에도 없다는 건가요?"

어쩌면 이건 세월의 힘인지도 모릅니다. 드디어 장수한 마녀가 있는 곳에 다다랐건만, 저와 비슷한 증상의 기록이 있었다고 하는데 아무런 해결책도 없어서—— 사실은 더 슬퍼해야 할 터인데, 저는 스스로도 놀랄 만큼 차분했습니다.

그것은 제가 흐트러지거나 해도 현실은 달라지지 않는다는 것을 알고 있기 때문입니다.

울며불며해도 시간이 계속 흐를 뿐이라는 것을 알고 있기 때문입니다.

어느샌가 저는 기대가 배신해도 얕은 한숨 한 번으로 넘어가게 되어버렸습니다.

그리고 그런 자신을 슬퍼할 수 없게 된 것이 무척이나 슬펐습니다.

"어째서 마녀가 이 체질을 불로불사라 이름 붙이지 않았는지 아니?"

평정을 가장하고 있을 셈이었습니다만, 제 눈에서 낙담이 보였을지도 모릅니다. 책을 덮은 나타샤 씨의 음색은 다정하게 제 어깨를 감싸는 듯 따뜻했습니다.

저는 조금 전 머릿속에 맴돌던 생각을 그대로 전했습니다.

"연구가 끝나지 않았기 때문이 아닌가요?"

그러나 나타샤 씨는 천천히 고개를 가로저었습니다.

"연구 성과는 어느 정도 나왔단다. 이 마녀는 연구 결과, 여성이 불로불사가 아니라고 결론 지었지."

그래서 마력 소비 체질 같은 이름을 붙인 거야——라고, 그녀는 말했습니다.

"……무슨 의미인가요?"

"이 여성은 나날이 확실하게, 천천히 나이를 먹고 있었다고 하는구나. 정신이 아득해질 만큼 천천히 말이야."

그것은 250년 전에 여성을 연구한 마녀가 발견한 것이라고 합니다.

제 예상과 달리, 마녀의 연구는 끝났던 것입니다.

"정신이 아득해질 만큼 장수하는 인간, 그게 마력 소비 체질."

"그건, 즉——."

제가 이 여성과 같은 병이라면.

나타샤 씨는 고개를 끄덕였습니다.

"엄밀하게 말하자면, 너는 불로불사가 아냐."

너도 언젠가 죽을 거야—— 그녀는 웃으면서 그리 말했습니다.

"…………."

기뻐해도 되는 일일까요? 아니면 이건 슬퍼해야 하는 일일까요.

제가 언젠가 죽으리라는 것은 알았습니다. 그러나 그것은 분명 수백 년이나, 혹시 어쩌면 천 년 후의 일일지도 모릅니다. 아니, 더 후일지도?

끝이 있다는 사실을 안 것만으로도 다행일지도 모릅니다. 아니 하지만…… 어어?

"즉, 결국 저는 이상한 인간이라는 말인가요……?"

생물인 것을 안 것만으로도 안심해야 하는 걸까요……? 아니, 하지만…… 으음…… 솔직하게 기뻐하지 못하는 자신이 있었습니다…….

"이상한지 어떤지는 나도 모르지. 천 년 후엔 너 같은 사람을 인류라고 부르게 되어 있을지도."

놀리듯이 웃는 나타샤 씨.

"어제의 상식이 오늘도 상식이라고는 할 수 없단다. 어느 시대에나 말이야."

어쩌면 수백 년 전부터 이 세계의 변화를 보고 있던 그녀에게 상식 따위는 점토처럼 만질 때마다 계속해서 형태를 바꾸는 것으로 보이는지도 모릅니다.

"수백 년이나 산다는 건 어떤 기분인가요?"

"그래——."

문득 나타샤 씨는 사람들이 오가는 가게 밖으로 시선을 기울였습니다.

그것은 이제 무얼 할까 생각하는 시선이었고, 즐거운 것을 생각하는 얼굴이었습니다.

그리고 나타샤 씨는 어제부터 몇 번이나 보아온 표정을 지으면서 웃었습니다.

"좋은 기분, 이려나?"

○

루세라 씨가 이 나라에서 나름대로 이름이 알려진 인물이라는 사실을 안 것은, 나타샤 씨의 가게를 나선 다음부터였습니다.

"너, 혹시 어제 루세라 님과 함께 있던 애니?" "여어. 너, 루세라 씨의 친구지? 우리 가게에 또 밥 먹으러 오라고 전해줄래?" "저기 저기, 너 어떻게 그 루세라 님과 알게 된 거야? 아주 흥미가 있거든!"

여기저기 놀러 다니는 것처럼 보였는데, 마을 사람들에게 그녀는 매우 사랑받고 있나 봅니다.

그러나 대체 어째서일까요? 당연히 궁금해진 저는 말을 걸어온 사람들에게 반대로 질문해보았습니다. 루세라 씨는 어째서 유명한가요?

사람들의 답은 대부분 같았습니다.

"그녀가 마을에 즐거운 일을 가져다주니까."

그것이 어떠한 것인지는 어제의 그녀를 떠올려 보면 알 수 있습니다. 거리에서 현재 여러 축제와 행사가 열리고 있는 것은 아무래도 그녀의 발안이었나 봅니다.

『뭐? 이렇게나 많은 종족이 있는데 이 나라에는 축제가 없다니 어떻게 된 것이냐? 이 몸은 무얼 기대하며 살면 된단 말이냐!』

이 나라에 살기 시작한 지 얼마 안 되었을 무렵에 그녀는 그렇게 분개했고, 다양한 종족의 고향에서 열리는 축제와 전통 행사를 이 나라에서도 열도록 요청했다고 합니다.

『네 고향에선 어떤 축제를 하느냐? 응? 토마토 던지기 대회?

재미있어 보이는구나. 하자.』『네 고향에선 무얼 하느냐? 포도 밟기? 하자.』『네 고향은? 응 그래 뭐든 좋다. 하자.』

처음에는 모두가 당황하면서도 각자의 고향 행사를 재현했습니다.

루세라 씨는 언제나 그 원 안에 있었습니다. 이윽고 그녀의 주변에 사람들이 모이게 되었습니다.

금세 마을은 이제까지보다 한층, 시끌벅적해졌다고 합니다.

"……부럽다."

마을 광장 벤치에 앉으며 저는 멍하니 중얼거렸습니다. 시선 끝에는 성대하게 서로 파이를 던지는 여성들의 모습이 있었습니다.

아름다운 소녀들이 밝게 내리쬐는 햇볕 아래에서 웃음꽃을 피우고 있었습니다. 얼굴도 옷도 파이투성이. 더러워지는 것도 개의치 않고 평소의 울분을 풀기라도 하듯이 그녀들은 서로 파이를 던졌습니다.

"뭐냐. 너도 저걸 하고 싶은 것이냐?"

슬쩍, 제 옆에 청백색 머리카락을 가진 그녀가 앉았습니다. 누군가 했더니 루세라 씨.

"오늘은 파이투성이가 아니로군요."

"그래. 여기서 강 건너 불구경이다."

그녀는 아마도 근처에서 샀을 터인 고기 꼬치를 먹고 있었습니다.

그리고 우물우물하며 이쪽을 슬쩍 보았습니다.

"너, 불로불사가 아니라 잘됐구나."

"알고 있었나요?"

"이 몸은 그 녀석의 동거인이다."

오늘 아침에 들었다──라는 루세라 씨.

"하지만 너, 뭔가 불만이라도 있는 것이냐? 우울한 얼굴이구나."

"으음⋯⋯."

딱히 우울한 얼굴을 하고 있을 마음은 없습니다만⋯⋯.

솔직하게 말하자면, 저는 파이 던지기를 하는 그녀들이 부러웠습니다. 그러나 그것은 결코 루세라 씨가 생각하는 것 같은 의미가 아니라.

"저는 루세라 씨가 알고 있는 것처럼, 수명이 아주 길다는 걸 알았어요. 하지만 역시 앞으로 계속해서 인생이 이어진다고 생각하면 불안도 좀 있어서──."

분명 나는 서로 파이를 던지고 있는 그녀들보다 훨씬 오래 살 겁니다. 그녀들이 무덤에 들어간 후에도, 어쩌면 외모도 그다지 변하지 않을지도 모릅니다.

결국 근본적인 부분은 아무것도 달라지지 않습니다.

"가령 모두가 죽어도, 저는 줄곧, 혼자 남겨진 채──."

"인간은 전부 수명 때문에 죽느냐?"

"⋯⋯어? 네?"

루세라 씨의 갑작스러운 물음에 저는 고개를 갸웃거렸습니다.

그녀는 말했습니다.

"언제 죽는지는 아무도 모르지 않느냐. 불로불사에 가까운 너도 어쩌면 내일은 어떤 예기치 못한 일로 갑자기 죽을지도 모른다. 물론 이 몸도다. 인간 모두 언제 어디서 영면할지 같은 건 모른다."

"…………."

"네가 그런 걸 생각하는 건 지루해서다. 한가해서 생각할 시간이 많으니까 그런 의미 모를 생각을 하는 거지. 말하지는 않았다만, 이 몸도 수백 살이다. 너와 마찬가지로 아마도 다른 녀석들이 뻗은 뒤에도 이 몸은 살아 있을 테지."

허나, 하고 그녀는 말을 이었습니다.

"수백 년 후의 일 같은 건 어찌 되든 상관없다. 이 몸은 매일 아침 일어나서 마을 녀석들과 떠들썩하게 밤까지 지내고 집으로 들어가 잔다. 그것만으로도 벅차서 말이다. 먼 미래의 일로 골머리를 썩일 틈 같은 건 없다."

루세라 씨의 달관한 것 같은 눈빛이 제게 꽂혔습니다.

말하고자 하는 바를 알겠어? 그리 묻고 있는 것처럼.

분명 연륜일 테지요.

그녀가 말하고자 하는 바는 왠지 모르게 알 것 같습니다.

그것은 지금까지의 인생에서, 저보다 먼저 죽은 사람들에게 몇 번이고 들었던 말입니다.

그것은 그러니까.

"좀 더 눈앞을 봐라──라는 건가요?"

라고 할까, 그런 거죠?

"뭐? 전혀 아니다만?"

엑? 아닌가요?

눈을 동그랗게 뜨는 제게 그녀는 "전혀 아니다" 하고 고개를 저으면서 어깨를 움츠렸습니다.

"그럼 뭔가요?"

고개를 갸우뚱하는 저.

그러자 그녀는 자신의 가슴에 손을 대고 아주아주 자랑스럽게 말했습니다.

그것은 어쩌면 처음 듣는 말일지도 모릅니다.

말하길.

"지루해지면 이 몸을 찾아와라."

이 몸이 지루함 같은 건 잊게 해줄 테니까──라고.

○

그 후 저는 그 나라에서 대략 일주일 정도 시간을 보냈습니다.

기본적으로 아침부터 밤까지 루세라 씨에게 끌려다니는 날들이었습니다. 마을 사람들과 교류하거나, 행사에 참여하거나. 글로 죽 늘어놓으면 그것은 그저 같은 날들의 반복인 것처럼 보일지도 모르지만, 그러나 무엇 하나 같은 것이 없는, 지루할 틈 없는 날들이었습니다.

일주일이 지났을 무렵에 저는 이 나라에서 나가기로 정했습니다.

"뭐라고?"

제가 출국할 거라는 말을 듣고 루세라 씨는 못 먹을 것이라도 먹은 것 같은 표정을 지었습니다.

"뭐냐 뭐냐. 너 왜 그러느냐. 혹시 이 몸이 어제 네 신발에 토한 게 기분 나빴느냐?"

"아뇨 그건 이제 됐습니다만."

제가 나라에서 나가려 하는 이유는, 단 하나.

매우 단순한 이유입니다.

"모처럼이니까 조금 더 바깥세상의 즐거운 일을 봐두고 싶어졌어요."

줄곧 이 나라에 있는 것도 분명 가능하겠지요.

장수하는 사람도 많고, 그리고 저 같은 인간도 이 나라는 받아들여 줄 테지요. 멋진 나라입니다. 분명 영원히 계속 머무는 것도 가능하겠지요.

그러나 인간이란 욕심이 많은 법이라, 안주할 땅을 하나 찾고 나면 "혹시 하나 정도는 비슷한 곳이 있을지도?" 같은 생각을 하게 되어버립니다.

"이 몸 말고 다른 곳으로 갈아탄다는 것이냐? 이 바람둥이 놈!"

뾰로통하게 볼을 부풀리는 루세라 씨.

아니, 그럴 마음은 없습니다만…….

그러니까 간단하게 말하자면.

"불사의 병을 치료하는 것 이외에, 좀 하고 싶은 게 생겼다는 겁니다."

저는 지내기 좋은 이 나라에서 일단 떨어진다는 선택을 했습니다.

©Azure

이 나라 사람들과 즐거운 일을 찾는 그녀처럼, 여행 속에서 즐거운 일을 찾으며 사는 것도 좋을지 모른다고 생각하게 되었던 것입니다.

"오늘까지 신세 많았습니다."

저는 깊게 두 사람에게 고개를 숙였습니다.

"언제든 다시 오렴. 환영이란다."

나타샤 씨의 다정한 목소리에 고개를 들었습니다.

부드럽게 웃는 나타샤 씨. 그 옆에 조금 화났거든 하고 말하고 싶은 듯이 팔짱을 낀 루세라 씨가 있었습니다.

실망한 표정의 그녀는 코를 흥 하고 울리면서도, "뭐, 잠깐의 이별이니라" 하고 입꼬리를 누그러뜨렸습니다.

"네!"

그래서 저는 웃는 얼굴로 답했습니다.

일주일 전에 그녀가 제게 말해주었던 대로.

"또 언젠가, 지루해지면."

마법 총괄 협회에 소속된 어두운 밤의 마녀 실라로 활동하고 있는 나는 당연하게도 마법 총괄 협회 지부가 있는 나라를 오가는 일이 많다.

어디나 대체로 비슷한 나라다. 극단적인 차별은 없고, 분쟁도 그리 많지 않다. 있다고 해도 대부분이 옥신각신하는 정도다.

요컨대 기본적으로는 평화로운 나라뿐이라는 뜻이다.

그리고 이러한 평화로운 나라 대부분이 요즘 나를 향해 이빨을 드러내고 있다.

나는 마을 구석 쪽에 있는 좁은 골목에서 하늘을 올려다보며 한탄했다.

"정말이지, 여기고 저기고 하나같이 금연 금연…… 곤란하네."

한숨과 함께 뱉어내는 연기가 푸른 하늘로 빨려 들어간다.

요즘 선진국을 자칭하는 나라들에서는 흡연자에 대한 비난이 강해지고 있다. 아무래도 "모두 일제히 흡연자를 괴롭힙시다"라고 약속한 모양이다.

흡연 가능한 가게는 사라지고, 길거리 흡연은 엄격하게 단속받게 되었고, 담뱃값은 오르고, 한 번 사람들 앞에서 담배를 피우면 주변에서 쏟아지는 것은 마치 범죄자를 보는 듯한 눈초리. 여기고 저기고 흡연자를 배제하는 듯한 분위기. 대체 우리가 무얼 어쨌다는 말인가!

그리고 흡연자들은 길을 벗어나 먼지투성이인 뒷골목에 있는 흡연 구역까지 걸어가면서, 자신이 남들 앞에서 할 수 없는 일을 하는 것에 죄책감도 느끼지 않는, 인간의 길에서 벗어난 사람이라고 에둘러 손가락질받으며 담배를 피운다.

심한 처사다.

그러나 짜증 나게도 길을 끝없이 돌고 돈 끝에 더러운 곳에서 피우는 담배는 솔직히 꽤 맛있다. 어쩌면 걷게 할수록 점점 더 금연에서 멀어진다고 말해도 좋았다. 꼴 좋다.

그러나 요즘 흡연자에 대한 압박은 한층 심해지고 있다고 말해도 좋았다. 마치 살아있는 존재로서 인정받지 못하고 있는 것 같다. 자칭 선진국에 극단적인 차별은 없다고 말했지만, 본인들이 차별이라고 자각하고 있는지 어떤지는 별개의 문제이리라. 박해하는 쪽이 박해를 자각하지 않는 한 진정한 세계 평화 따위는 없는 것이다. 마음대로 담배 피우게 해줘. 멍청이 놈들아.

애초에 담배를 피우지 않는 사람은 피운 적이 없기 때문에 담배의 이점을 모르는 것이다.

백해무익하다고 하지만 좋은 점도 있는 것은 사실.

"누님, 누님⋯⋯! 큰일입니다!"

예를 들면 내가 담배를 피우고 있는 곳으로 종종걸음쳐 온 이 남자는 바로 어제 만난 흡연자 동료다.

흡연 구역에서는 때때로 이러한 흡연자끼리의 커뮤니케이션이 이루어지고, 동료 의식 같은 것이 싹튼다.

"여어, 왜 그래?"

내가 한 손을 가볍게 들자 남자는 "고생 많으십니다!" 하고 고개를 숙였다.

"누님, 예의 그 소문 들으셨습니까……?"

예의 소문?

"뭔데?"

내가 고개를 갸웃거리자 남자는 떨리는 손으로 담배를 꺼내더니 입에 물었다. 그리고 불을 붙이면서 말하는 것이다.

무시무시한 한마디를.

귀를 의심할 한마디를.

"이 흡연 구역, 곧 폐쇄된다고 합니다……."

마지막, 흡연 구역이, 사라진다.

"…………."

아무래도 이 나라에서 흡연자에게 좋은 것은 모조리 사라지나 보다.

그렇게 흡연 구역을 뒤로한 나의 의식은 몽롱해졌다. 담배를 너무 피웠나?

아니 그렇지 않다. 현실의 비정함에 뇌의 이해가 쫓아가지 못하는 것이다.

"당신들, 그거 알아? 담배를 피우면 뇌가 작아지거든? 오래 담배를 피우는 사람 머리는 흔들면 분명 덜그럭덜그럭하는 소리가 날 게 틀림없어! 오호호홋!"

길에서 이상한 여자가 담배의 해로움을 남자들 앞에서 알리고 있다. 선진국을 자칭하는 나라에서는 자주 있는 일이다.

"오오…… 역시 아가씨. 담배 지식까지 박식해……." "놀라운 박식함이야……." "하지만 머리를 흔들면 덜그럭덜그럭할 거라는 발상은 멍청해 보여." "너 흡연자구나?"

남자들과 아가씨라는 것의 옆을 그대로 지나쳐 가면서 나는 한숨을 내쉬었다.

"정말이지 살기 힘든 세상이야……."

어찌하면 좋을까.

숨은 좀 돌리게 해줬으면 좋겠는데——.

"……응?"

문득 내 다리가 마을 한구석에서 멈추었다.

벽보가 있었다.

"……고민, 상담?"

소리 내 읽으면서 문득 떠올렸는데, 그러고 보니 이웃 나라의 마법 총괄 협회에서는 그 나라의 독자적인 시도로 사람들의 고민 상담을 협회 직원이 맡아 하고 있다고 한다.

타국인 이곳까지 벽보가 퍼져 있는 것을 보면 나름대로 활동은 성공한 것이리라. 같은 협회 직원으로서 직원 동료들의 일에는 다소 흥미가 있었다.

"흐음……?"

마침 상담하고 싶은 고민도 있으니, 투서를 하나 보내보는 것도 좋을지 모른다. 보니 상담 자격란에는 『누구나』라고 적혀 있다.

과연 여기서 흡연자는 『누구나』에 포함될까?

상담자 어두운 밤의 마녀 실라의 경우

그런고로 나는 숙소로 돌아와 펜을 들었다.

상담 내용은 지극히 단순하다.

"최근 흡연자에 대한 압박이 심해져서 곤란하다. 흡연자가 차분하게 담배를 피우려면 어찌해야 하지? 대책을 가르쳐줘."

아침에 편지를 부쳤더니, 그날 낮 무렵에 답장이 왔다. 마법이 발달한 나라에서는 종종 우편이 쓸데없이 빠르기도 하지만, 그렇다고 해도 일 처리가 빠르다. 꽤 하는걸? 하고 동료로서 감탄했다.

돌아온 편지에는 깔끔한 글씨로 이렇게 적혀 있었다.

『알았습니다. 흡연자인 친구가 헤비 스모커라 곤란하니 대책을 가르쳐달라는 부탁이 맞으시죠?』

내 감탄을 돌려줘.

"아니 전혀 아닌데?"

『전혀 아니라고요? 그럼 지인이 좀처럼 금연을 해주지 않는다고 하는 상담일까요?』

"아니 그게 아니라…… 내가 흡연자고, 최근 담배를 피우기 힘들어져서 곤란하다는 이야기야."

『아, 그렇습니까. 죄송합니다. 그런 건 좀.』

"좀이라니 뭐야?"

『애초에 금연하면 되는 게 아닌지?』

"뭔가 금연 이외의 방법은 없어?"

『그런 말씀을 하신들, 저는 흡연자분의 상담 신청은 좀 상정하고 있지 않아서요. 퍽큐.』

"뭐냐? 그 수수께끼의 주문은."

『저도 잘 모릅니다.』

"시비 거는 거냐?"

『하지만 이 나라 사람들이 말하길, 최대급의 모욕과 거절의 의미를 담은 말이라고 합니다.』

"시비 거는 거냐?"

몇 번의 대화 단계를 거친 후에 깨달았는데 아무래도 내 상담 상대가 된 투서 담당자는 그 나라 사람도 아니고 마법 총괄 협회의 직원도 아닌 헬프 마법사인 듯했다.

뭐, 신규 사업에는 일손 부족과 예상치 못한 사태가 생기는 법이니까…….

여기서 소리를 지르며 투서 담당자를 좀 더 제대로 된 상대로 바꾸어달라고 한다는 방법도 있겠지만, 그런 강제적인 수를 써서 눈에 띄어버리면 또다시 흡연자에 대한 비난은 더욱 강해지리라.

어쩔 수 없다.

지금은 식후 한 대 피울 때와 같은 느긋한 마음으로 이 초보자를 상대해주기로 할까.

나는 신중하게 말을 골라 편지를 썼다.

"이 자식, 어디 사는 누구냐? 이름을 밝혀라."

그러자 역시 속공으로 답장이 왔다.

『후후후. 이름을 밝힐 만한 사람도 못 된답니다.』

아니, 밝혀.

과연, 역시 얕보고 있구나 하고 약간 짜증이 났다. 그러나 의미 없는 시시껄렁한 짓을 계속하는 것이 귀찮아졌는지, 아니면 지적이라도 들어간 것인지, 투서 담당자는 드디어 진지하게 상담과 마주하는 자세를 보였다.

『뭐, 진지하게 질문에 답하자면⋯⋯ 그렇군요. 일단 흡연자에 대한 이미지 업을 해보면 어떨까요?』

"이미지 업? 무슨 뜻이지?"

『좋은 흡연자가 되려 노력하는 건 어떨까요? 라는 겁니다.』

"좋은 흡연자가 뭔데?"

『배고픈 노예 소녀를 사서 제대로 된 의식주를 제공하는 마음씨 착한 남성 같은 것일까요?』

"노예를 사는 시점에서 제대로 된 녀석이 아니잖아."

『혹은 빵을 구하는 소녀에게 모조리 다 사버린 빵을 괜찮은 가격으로 팔아주는 그런 사람일까요?』

"못 산 건 그 녀석 탓이잖아."

『혹은 담배를 피우지 않는 흡연자일까요?』

"미안하지만 흡연자는 담배를 안 피우는 순간 온종일 초조해하거든."

『실례했습니다. 좋은 흡연자는 존재하지 않습니다.』

"단언하지 마."

슬퍼지잖아.

그보다 진지하게 질문을 마주해 주나 생각했더니만 이건가. 이 녀석의 이 적당적당함은 뭐야.

나는 문득 알고 지내는 마녀를 떠올렸다. 그 녀석은 지금 건강할까? 뭘 하고 있으려나.

좋은 기회이니, 편지라도 좀 써볼까.

"여어, 프랑. 오랜만이다. 너 요즘 뭐 하냐? 뭔가 너랑 비슷한 녀석이 마법 총괄 협회에서 일하는 것 같은데, 너 아니지?"

그러자 하루 만에 답장이 왔다.

『그런가요? 어쩌면 그거 저일지도 모르겠네요.』

"진짜? 그런데 지금 너 뭐 하고 지내냐?"

『왕립 세레스텔리아에서 변함없이 학생들을 가르치고 있습니다만.』

"그럼 너 아니잖아!"

『그것도 그렇군요. 그나저나 지금 어디에 있나요? 저기, 혹시 괜찮다면 그쪽 나라에서 인기 있는 빵 같은 걸 보내주실 수 있을까요? 가능하면 인기가 많아서 줄이 생기는 타입의——.』

변함없이 기운 넘치는 것 같아 다행이다.

그렇게 프랑과 시시한 편지를 거듭해 주고받는 사이에도, 투서 담당자와의 대화는 계속되었다. 성가시면 무시하면 될 것을, 착실하게 싫어하는 흡연자에게 답장을 해주는 것을 보면 성실한 성격이긴 한가 보다.

『이제 뭔가 귀찮아지기 시작했습니다.』

어쩌면 성실한 성격이라고 느꼈던 건 나의 착각인지도 모른다.

"일단 귀찮은 건 알겠는데, 어떻게 하면 흡연자가 손해를 보지 않는 세상이 될지를 가르쳐줘."

『그건 불로불사 연구를 성공시키는 것보다 어려운 문제네요.』

"즉?"

『거의 불가능하다는 겁니다. 알겠습니까? 애초에 담배라는 건 백해무익합니다.』

그리고 투서 담당자는 아마도 책에서 조사했을 터인 지식을 서면으로 내게 적어 보냈다.

아마도 내 상담과 마주하기보다도 내게 담배를 끊게 하는 편이 빠르겠다고 판단한 것이리라.

『아시나요? 쥐에게 담배 연기를 흡입하게 한 결과, 다른 쥐에 비해 일찍 죽어버렸다는 연구 결과가 있습니다.』

"그런가. 하지만 나는 쥐가 아니니까 관계없어."

쥐가 죽었다고 하는 연구 결과에서 얻을 수 있는 것은 쥐가 죽었다고 하는 사실뿐이겠지.

『네! 지금의 대화로 수명이 살짝 줄었습니다!』

"뭐? 어째서?"

『스트레스로. 제 수명이.』

"네 수명이냐."

『알았나요? 담배를 피우면 본인 이외의 사람에게도 악영향을 끼치게 된다는 겁니다.』

"네가 그 일을 그만두면 끝날 얘기 아냐?"

『그건 저도 좀 그렇게 생각합니다.』

그렇지만 그렇게 할 수 없는 이유가 있나 보다.

말하길, 이 투서 담당은 기분에 따라 단기 모집 아르바이트로 참가해버렸고, 기간이 끝날 때까지는 마법 총괄 협회에서 도망칠 수 없는 운명이라고 한다.

솔직히 좀 상상 이상으로 힘들어서 곤란하다는 푸념 같은 것이 쓰여 있었다.

어느샌가 내가 상담을 들어주는 쪽이 된 것 같은데? 하는 생각이 들지 않는 것도 아니었지만, 나는 한숨을 내쉬면서 펜을 잡았다.

"참고 있다 보면 조만간 익숙해지겠지. 인간, 어떤 환경이든 잠시 지내다 보면 신경 쓰이지 않게 된다고."

그게 불행한 환경이든 행복한 환경이든 똑같이 말이야.

『그런 걸까요?』

"그런 거다."

멋진 말을 했다는 자부심과 함께 나는 편지를 보냈다.

이윽고 답장은 평소처럼 신속하게 도착했다.

과연 투서 담당자는 무슨 말을 썼을까? 감사의 말일까? 아니면 감사의 말일까? 나는 아주 살짝 기대를 가슴에 품고서 편지를 열었다.

『그럼 담배 없는 환경도 마찬가지인 걸로 부탁드립니다.』

기대한 내가 바보였어.

"그나저나 나는 담배가 없는 환경이 싫다고 하는 상담을 했다고 생각하는데?"

『네. 그런 경우엔 어떻게 하면 되나요?』

나는 기일까지 성가신 상담자들의 상대를 하지 않으면 안 되는 투서 담당자에게 빈정거림을 듬뿍 담아서 대답했다.

"나라를 떠나겠어."

○

흡연자에 대한 압박이 심해진 작금이지만, 이웃 나라—— 즉, 투서 담당자가 있는 나라에서는 아직 규제는 그리 심하지 않다고 한다.

길에 면한 찻집의 테라스석에서는 시대에 남겨진 듯한 노인들이 모여 앉아서 담배를 피우고, 친절하게도 마을 여기저기에 흡연 장소가 설치되어 있다. 당연하게도 그런 흡연 구역에서는 신사 숙녀가 조용히 담배를 즐겼다.

"너희, 움직이지 마! 움직이면 이 녀석의 목을 날려버릴 줄 알아!"

그리고 심지어 거리에 나온 은행 강도도 담배를 즐기고 있었다. 아무래도 이 나라는 애연가가 많은가 보다. 연기와 함께 소리치면서 남자는 나이프를 여성 손님의 목에 들이대고 있었다.

그리고서 남자는 자신의 불행한 이야기를 아무도 듣지 않고 있는데도 거침없이 늘어놓기 시작했다. 말하길 일자리도 찾지 못하고 세상 사람 모두가 자신을 바보 취급하는 것처럼 느낀다. 등등. 뭐, 자주 듣는 흔한 이유라고 할 수 있었다. 이 얼마나 통탄스러운 일인가.

"너보다도, 흡연 장소가 철거된 탓에 나라에서 떠나야만 했던 내가 더 괴로운데."

나는 담뱃대의 연기를 후우 하고 토하면서 남자의 입에서 담배를 강제로 빼앗았다.

놀라며 눈이 동그래지는 남자.

"어? 아니, 너 누구——."

그렇게 남자는 놀란 상태 그대로 그 자리에서 기절했다. 마법으로 한 방 먹였을 뿐인데 쓰러지다니 한심해. 나는 그 자리에서 남자를 구속하고, 일단 보안국에 넘기기 위해 남자를 질질 끌며 걷기 시작했다.

그 자리에 남겨진 것은 무슨 일이 일어났는지도 모른 채 눈을 끔뻑이는 은행원과 손님들.

그리고 목숨을 구한 여성 손님 한 명이었다.

"고, 고맙습니다!"

등 뒤에서 깊게 고개를 숙이는 기척이 느껴졌다.

"저기, 부디 이름을!"

나는 거기서 뒤를 돌아보았다.

입에 문 담뱃대에서는 연기가 계속해서 새어 나왔다.

재가 떨어지지 않도록 신경을 쓰면서, 나는 그리고 대답했던 것이다.

"이름을 밝힐 만한 사람도 못 돼."

제 3 장

"나 있지, 나 있지, 어른이 되면 마녀가 될 거야."

어린 시절의 이야기.

언니는 할머니에게 매달리며 그런 식으로 눈을 빛냈다. 젊은 시절 마녀였던 할머니는 "그렇구나" 하고 기뻐하며 언니의 검은 머리카락을 쓰다듬었다.

"그래서 있지, 견습 마녀가 되면 할머니의 제자가 될 거야!"

그런 식으로 순진무구하게 떠드는 언니에게 할머니는 다정하게 미소 지으면서.

"그건 무리구나."

그렇게 부드럽게 거절했다.

"에엣?! 어째서?!"

"나는 이제 대마녀니까 말이다……."

마녀가 되어 해를 거듭하면 두 개의 길을 고를 수 있게 된다. 하나는 마녀의 칭호를 반납하고, 평범한 인간으로서 살아가는 것. 그리고 또 하나가 대마녀가 되는 것.

나이를 먹고 제자를 받지 않게 되지만, 이후에도 변함없이 마법사로서의 직무를 계속하는 자를 말한다.

할머니는 우리의 고향—— 동쪽 일루메릴에서도 나름대로 이름이 알려진 대마녀였다.

그런 할머니의 모습에 언니가 동경을 품는 것은 지극히 당연한 일이리라.

"미나는 뭐가 되고 싶니?"

할머니의 갈색 눈동자가 나를 바라보고 있었다.

어쩌면 부러워하는 듯한 시선을 보내고 있던 것을 눈치챘는지도 모른다.

"……나는——."

생각하면서, 어린 날의 나는 대답했다.

무엇이 되고 싶은 것일까.

"나도, 마녀가, 되고 싶어——."

말하면서도 그 말은 나에게 아무런 울림도 주지 않았다. 정말로 마녀가 되고 싶은 걸까? 나로서는 알 수 없었다.

그저 좋아하는 언니 옆에 언제까지고 있고 싶다고 멍하니 생각했기에 나온 말이었기 때문이다.

"그래."

할머니는 그런 내게 웃어 보이면서도, 아주 조금 쓸쓸한 얼굴을 하고 있던 것만 같았다.

"언젠가 하고 싶은 걸 찾으면 좋겠구나."

분명 할머니한테는 내 머릿속까지 전부 보이고 있던 것이리라고 생각한다.

어린 시절부터 할머니에게 마법을 배웠던 우리는, 그렇게 10대 중반에 들어섰을 때 마법 총괄 협회—— 할머니가 옛날에 근무했던 조직 사람을 소개받았다.

어두운 밤의 마녀 실라.

그녀는 할머니가 직원이었던 무렵의 지인인 듯했다. 나이는 젊었고, 그러나 담배를 물고 있어 어딘가 질이 나빠 보였다. 나는 이 사람이 싫다고 생각했다.

할머니는 아무래도 그녀에게 우리의 스승이 되어달라고 부탁한 모양이었다. 이런 질 나쁜 사람이 스승 같은 게 되고 싶어 할 리가 없으리라고 나는 생각했지만, 보상으로 담배를 요구하면서도 흔쾌히 승낙한 듯했다. 나는 이 사람 냄새나서 싫다고 생각했지만, 표정에는 드러나지 않도록 애썼다.

그 후로 할머니 아래서 더 마법을 공부한 다음, 우리는 둘이서 먼 나라로 여행을 떠났다.

마법사의 나라.

우리가 견습 마녀가 되기 위한 시험을 치른 나라다.

그 나라에서 우리는 숙소에서 일당을 벌면서 시험을 계속 보는 날들을 보내게 되었다. 공부와 일로 매일 힘들었던 것을 기억하고 있다.

"미나, 열심히 하자!"

그런 날들 속에서도 언니의 미소는 눈부셨다. 귀여워. 최고.

"나, 반드시 마녀가 될 거야."

결의로 가슴을 부풀리는 언니.

그러나 현실은 잔혹했다.

"……어라?"

그것이 몇 번째 시험이었는지는 잘 기억나지 않지만.

견습 마녀 승격 시험의 실기 시험.

매번 딱 한 명만 선발되는 것으로 정해진 이 시험에서, 나는 우연히도 살아남았고.

"……합격했어."

그리고 견습 마녀가, 되어버렸다.

나보다도 필사적으로 매일 노력했던 언니는 눈물을 흘리면서 "축하해! 미나, 잘했어!" 하고 기뻐해 주었다.

그 눈물에 어떤 의미가 있는지, 나는 생각하지 않으려 애썼다.

"……나, 언니가 합격할 때까지 계속 숙소에서 일하면서 기다릴게."

앞질러 가버린 대신에 여기서 합격할 때까지 지켜보자고 생각했다. 그것이 대단한 열정도 없는 주제에 먼저 견습 마녀가 되어버린 것에 대한 나의 사죄였다.

하지만.

생각해보면 그 무렵부터 인생은 좀처럼 생각대로 되지 않았던 것 같다.

『합격했나 보더라. 축하한다. 냉큼 내가 있는 나라로 와라.』

어느 날, 숙소에서 일하고 있는 내 앞으로 마법 총괄 협회에서 편지가 왔다. 열어보니 기억에 있는 이름과 거친 말투와 얼굴이 찌푸려지는 냄새와 함께, 역시 얼굴을 찌푸려지는 내용이 적혀 있었다.

어두운 밤의 마녀 실라로부터의 호출이었다.

대체 어디서 내가 합격한 사실을 알았는지는 모르겠지만……

곤란했다.

『참고로 기일까지 오지 않으면 내가 직접 너를 억지로 데리러 갈 테니까 그리 알아라.』

요컨대 어차피 거부권은 없다는 말인가 보다. 내 의사가 관여할 수 있는 부분이 있다고 한다면, 자신의 의사로 갈지, 아니면 끌려갈지 선택하는 것뿐인 듯했다.

⋯⋯정말로 곤란했다.

결국 나는 협박에 굴하여 그대로 스스로의 의지로 어두운 밤의 마녀 실라 밑으로 들어가게 되었다.

그녀는 나와 만나자 우선 견습 마녀가 된 것을 축복해주었다. 나는 축복할 때 정도는 담배를 손에서 놓아주면 좋으련만 하고 생각했다.

그리고서 그녀는 내게 마녀가 되기 위한 수업을 당장에라도 시작하겠다고 알렸다.

나는 거절했다.

그러자 천천히 담배 연기를 뱉으면서 그녀는 고개를 갸웃거렸다.

"음? 너 마녀가 되고 싶지 않은 거냐?"

"언니보다 먼저 마녀가 될 생각은 없습니다."

단호한 말투로 내가 답하는 중에, 입에 문 담배 끝이 붉게 열을 띠었다. 다시 흰 연기가 우리 사이에 토해졌다. 한숨 같은 깊은 숨이었다.

나는 분명 혼날 거라고 생각했다.

"……그런가. 알았다."

그러나 그녀는 그리 대꾸했을 뿐, 아무 말도 하지 않았다.

그 후 나는 그녀 아래에서 마법 총괄 협회의 직원으로 일하게 되었다.

시키는 건 뭐든 했다. 잠입 수사, 무장 조직의 진압, 인명 구조에 기타 등등 기타 등등. 온갖 일을 각지에서 해내고, 나름대로 조직 내에서의 평판도 높았다.

"너 어째서 견습 마녀인 거야?" "오히려 마녀보다 활약하고 있는 거 아냐?" "얼른 마녀가 돼버려."

나의 스승님인 실라 선생님도 그런 식으로 평가해주었다.

그러나 그래도 내가 마녀가 될 마음이 들지 않았던 것은, 언니를 앞질러 가서는 안 된다고 하는 마음이 있었기 때문이었다.

이윽고 언니가 견습 마녀 코사지를 달고서 마법 총괄 협회 지부로 찾아온 것을 인편에 전해 들었다. 그 당시에 나는 일로 다른 곳에 있었는데, 서둘러 마녀가 된 언니와 재회하고 싶다고 진심으로 바랐다.

얼마 후 언니가 마녀가 되었다는 사실을 실라 선생님에게 들었다.

"그러고 보니 네 언니 사야 말인데, 마녀가 됐다. 드디어 말이야."

정말이지 지쳤다니까──하고 그녀는 뭉친 어깨를 주무르면서 말했다. 언니가 마녀가 되었다면 나도 때가 되었는지도 모른다.

"저도."

그래서 나는 말했다.

"저도 마녀가 되고 싶어요."

실력은 실라 선생님이 아시는 대로.

당연히 마녀가 될 수 있으리라 생각했지만.

그녀는 새 담뱃대를 빨고, 다시 한숨 같은 하얀 연기를 내뱉었다.

"뭐, 너는 좀 더 어른이 되고 나서."

그런 말을 들었다.

………….

어른이 되고 나서, 라니?

나이 때문에 안 되는 거야? 아니면 마녀가 되기 위해서는 뭔가 조건이라도 있는 거야? 어른이 된다는 게 뭐지? 잘 모르겠어……. 담배 연기처럼 애매한 대답에 내 머리는 복잡해졌다.

아무튼 조금 시간을 두면 허가가 내려올지도 모른다고 생각한 나는, 그 후로 한동안 마녀가 되고 싶다는 말을 그녀에게 하지 않았다.

진심으로 마녀가 되고 싶은 것도 아니니, 딱히 그걸로 됐다고 생각했다.

그리고 세월은 흘러, 어제의 이야기.

"……아."

어느 나라의 길을 나 혼자서 걷고 있던 때의 일이었다. 길 한쪽에서 가느다란 연기가 하늘을 향해 뻗어 있었다.

싫어하는 냄새에 이끌려 시선을 보내자, 실라 선생님이 이쪽으로 손을 흔들고 있는 것이 보였다.

"하아…… 너무 좋다."

실라 선생님의 표정이 행복으로 물들어 있었다. 폐는 유해한 것으로 물들었을 것 같지만.

"너도 일로 이 나라에 온 거냐?"

"네. 뭐, 그렇습니다."

협회 직원이 된 지 벌써 꽤 시간이 흘렀다. 기본적으로 나는 단독으로 일을 맡는 경우가 많다. 대부분 마녀와 동격인 취급이다.

"요즘 상태는 어때?"

어떠냐고 한들 평소 그대로인데── 나는 요즘 해낸 일과 앞으로 이 도시에 잠복해 있는 무장 조직을 진압할 거라고 가볍게 이야기했다.

그런 대화 중에 문득 떠오른 것이, 그러고 보니 나는 여전히 마녀가 되지 못했다는 것이었다.

딱히 곤란하지는 않지만, 이제 그만 마녀가 되어도 괜찮지 않을까 생각한다. 마녀와 동격이니까.

그래서 나는.

"그러고 보니 저는 언제쯤 마녀가 될 수 있는 건가요?"

일 이야기를 하던 김에 그렇게 물었다.

그녀는 여전히 연기를 뱉으면서, 답했다.

"……조금 더 어른이 되고 나서."

차가운 바람과 함께 싫어하는 냄새가 뺨을 스쳐 갔다.

○

……아니 아니.

애초에 어른이 된다는 게 뭔데?

빙글빙글 내 머릿속에서 의문이 소용돌이쳤다.

의미를 모르겠다.

누군가 가르쳐줘.

어른이란?

"어른이 된다……라. 어려운 질문이로군요. 일을 하면 어른이 된 거라고 봐도 되지 않을까요?"

사이좋은 협회 직원은 태평하게 그렇게 답했다. 그 이치대로라면 나도 어른으로 분류될 텐데.

뭐가 부족한 거지?

"이 박식한 나처럼 아름답고 기품 넘치는 몸을 가져야 비로소 어른이라고 할 수 있는 거 아닐까?"

길모퉁이에서 남자들과 떠들고 있던 여성에게 주의를 주는 김에 물어보니 그런 답이 돌아왔다.

몸…….

확실히 눈앞의 아가씨에 비하면 나의 체형은 다소 부족할지도 모른다…….

"괘, 괜찮아 아가씨! 너도 너 나름대로 꽤 매력적인 체형이야!" "맞아 맞아! 어른인지 어떤지는 스타일의 좋고 나쁨만으로 정해지지 않으니까!" "오히려 너 같은 애를 좋아하는 남자도 있다고. 자, 그렇게 낙담하지 말라고."

어째선지 여성의 추종자들에게 위로를 받았다.

그렇다고는 해도 역시 체형이 성숙한가 아닌가 하는 답은 내가 원하는 답과는 조금 다른 것 같아…….

어른이란?

같은 자리에서 맴돌았다.

같은 의문의 위를 나는 뱅글뱅글 돌면서 계속 답을 찾았다.

"어른이 뭐냐고? 헤헤헤…… 그럼, 우리가 가르쳐주지……. 네 놈 몸에 직접 말이야!"

몹시 신경이 쓰인 나머지 일이 전혀 손에 잡히지 않았다.

정말이지 전혀…….

어른이란 대체 뭐야?

"헤헤헤. 마법사님. 어른이란 건 우리 같은 악당한테도 아량을 베풀어주는 착한 사람을 말하는 게 아닐까 생각합니다. 그렇지? 그렇지? 그러니까 좀 봐주세요…… 헤헤헤."

정말이지 전혀 모르겠다…….

누군가 가르쳐주지 않으려나.

"어른이 된다……라고요? 어려운 문제로군요. 하지만 아마도, 사적으로는 지금 여기서 제게 밥을 사주는 사람이 있다고 한다면, 그게 어른일지도 하고 생각합니다만."

마법 총괄 협회의 식당에서 식사를 하면서 고민하던 중에 그런 친한 척하는 말이 들려왔다.

고개를 들자 낯익은 얼굴.

"안녕하세요."

어디선가 산 빵을 우물우물 먹고 있는 건 재의 마녀였다.

"……불법침입?"

당신 마법 총괄 협회와는 아무런 연관도 없는 사람이잖아. 하고 나는 눈을 가늘게 떴다. 그러자 그녀는 의기양양한 얼굴로.

"후후후, 유감이로군요. 이게 뭔지 알겠나요?"

스윽 하고 그녀가 들어 보인 것은 한 장의 카드.

임시 허가증이었다.

사정은 잘 모르겠지만 아무래도 정식 절차를 밟고서, 일시적으로 협회의 출입을 허가받은 것 같았다.

그녀가 어째서 여기에 있는지는 제쳐두고, 좋은 기회였다.

그러고 보니 그녀와는 별로 이야기를 나눠본 적이 없었으니까.

"뭔가 고민하고 있는 것 같던데, 무슨 일인가요?"

"……그게, 조금——."

한숨을 내쉬어 가며 나는 최근 들어 일어난 일을 그녀에게 털어놓았다. 그녀에게 고민을 털어놓다니 언니가 알면 분명 질투할거라고 생각하면서도 이상하게도 말은 멈추지 않고 내 입에서 새어 나왔다.

"……과연. 그래서 어른이 되라는 말을 들었다는 거로군요."

이런 일로 고민하다니 스스로 생각해도 바보 같다고 생각하면서 말했는데, 문득 그녀의 얼굴을 살펴보니 생각했던 것 이상으로 진지하게 내 이야기를 들어주고 있어서 놀랐다.

조금 더 장난기 넘치고 속이 시커먼 사람이라고 생각했는데.

의외로 바탕은 성실한 걸까.

그리고서 그녀는 "그런데" 하고 입을 열었다.

"애초에 미나 씨는, 마녀가 돼서 뭘 하고 싶은가요?"

"……어?"

나는 놀랐다.

재의 마녀의 단순한 그 의문에 답하려 했지만 어떤 말도 생각도 떠오르지 않았기 때문이다.

그리고 보니 나는 어째서 마녀가 되고 싶은 걸까.

"저기…… 별생각 없이, 실력적으로 마녀에 걸맞으, 니까……?"

말을 늘어놓으며 생각했다. 으음…… 와닿지 않아…….

그런 나의 답답한 속내를 그녀는 이미 꿰뚫어 보고 있었나 보다.

"뭐, 그런 부분이 마녀로 인정해주지 않는 이유인 게 아닐까요?"

재의 마녀는 턱을 괴고 나를 바라보면서 말했다.

"예를 들면 저는 여행자가 되기 위해선 마녀가 될 필요가 있었기 때문에 마녀가 되었습니다. 그러니까 마녀가 된다고 하는 행위는 목표를 위해 다다라야만 하는 통과점 중 하나였던 거죠. 지금의 당신에게는 그게 없다. 실라 씨는 그렇게 말하고 싶은 게 아닐까요?"

"…………."

감탄. 그리고 동시에 생각에 잠겨 나는 그저 침묵으로 답할 뿐이었다.

나는 대체 무얼 하고 싶은 것일까.

──언젠가, 하고 싶은 걸 찾으면 좋겠구나.

떠오른 것은 할머니의 말이었다.

어릴 때부터 나는 쭉 그랬다.

흥미는.

하고 싶은 일은.

어떻게 하면 찾을 수 있는지를, 나로서는 알 수 없다.

예전부터 지금에 이르기까지, 줄곧.

"그나저나 미나 씨. 지금 한가한가요?"

내 생각을 끊는 재의 마녀. 고개를 들자 고개를 갸우뚱한 그녀와 눈이 마주쳤다.

"왜?"

단순하게 의문으로 대꾸한 내게 그녀는 단적으로 답했다.

말하길.

"좀 하고 싶은 게 있어서요."

한가하면 함께해주지 않겠어요? 라고.

하고 싶은 것이 없는 내게는 거절할 이유조차 존재하지 않았다.

"네에, 여러분! 빵 교실에 오신 걸 환영합니다! 오늘은 잘 부탁드려요!"

그리하여 끌려온 곳은 길모퉁이에 있는 제빵 교실이었다.

………….

아니 어째서?

"사실은 전부터 맛있는 빵 만들기에 흥미가 있었거든요."

내 표정을 보고 말하고자 하는 바를 이해한 모양이다. 마녀 일레이나는 머리를 묶고, 소매를 걷으면서 기분 좋게 이야기했다.

"뭐, 한가하니까 괜찮잖아요. 이런 곳은 혼자 오는 것보다 여럿이서 오는 게 마음 편하거든요.”

　요컨대 한가해 보이던 나는 보기 좋게 그녀의 휴일 심심풀이 일정에 끌려와 버리고 만 모양이다.

“……뭐, 딱히 상관없지만.”

　어차피 나도 한가했던 것은 사실이니까.

　결국 나는 몇 번이고 “네에!” 하고 시끄러운 강사의 말을 들으면서 마녀 일레이나의 심심풀이 일정에 함께하게 되었다.

　빵 만들기는 처음이었지만, 강사의 이야기를 제대로 들으면 밀가루부터 빵이 구워지기까지 매우 간단히 해낼 수 있었다.

“당신 솜씨가 좋네요…….”

　강사는 그런 나를 보며 놀랐지만.

“……그런가요?”

　나는 자신의 손바닥을 바라보면서 멍하니 답했다. 들은 것을 당연하게 했을 뿐이라 칭찬을 받은들 반응하기 곤란할 뿐이었다.

“확실히 꽤 솜씨가 좋네요……. 제가 만든 것보다 맛있어요.”

　나와 자신이 만든 빵을 양손에 들고서 우물우물 씹고 있는 마녀 일레이나.

“아니 왜 멋대로 먹는 건데?”

　나는 먹어도 된다고 한마디도 안 했는데.

“오늘 당신을 여기 데려온 건 대체 누구일까요? 그렇습니다. 저입니다. 그렇다는 건 당신이 만든 빵을 먹을 권리도 제게 있다는 뜻입니다.”

“어쩌지…… 말이 통하는데 무슨 말을 하는 건지 의미를 모르겠어…….”

의외로, 바탕은 성실하려나 하고 생각했던 몇 시간 전의 나의 단순한 감정을 돌려줘. 이 사람 대체 뭐야.

“어떤가요? 이렇게나 빵 만들기를 잘한다면 빵 장인이라는 길도 괜찮지 않은가요?”

“그거 마녀랑 관계없잖아.”

“그리고 저를 위해 맛있는 빵을 상납해주세요.”

“아니 그저 당신이 바라는 거잖아.”

싫어! 하고 나는 고개를 돌렸다. 그런 내게 그녀는 “제멋대로네요” 하고 가볍게 중얼거리면서도 부드럽게 웃고 있었다.

마치 삐친 아이를 흐뭇하게 바라보는 것처럼.

그 모습에 나는 짐짓 뺨을 부풀려 보였다.

“그래서, 하고 싶은 건 이걸로 끝?”

몹시 기분 나쁘다는 표정을 지으면서 나는 물었다.

그러나 내가 시선을 보내자 그녀는 빵을 먹으면서 전단을 보고 있었다. 뭔가 했더니 거기에는 ‘딸기 수확’이라는 글자가.

안 좋은 예감이.

이윽고 나와 눈을 마주친 그녀는 방긋 웃었다.

그리고 말했다.

“무슨 말을 하는 건가요? 이건 아직 시작에 지나지 않아요.”

○

그리고서 하루에 걸쳐 나는 그녀에게 여기저기 끌려다녔다.

우선은 딸기 따기.

둘이서 딸기밭을 배회하며 착실하게 바구니에 딸기를 담았다.

"당신 솜씨가 좋은걸."

바구니 안에 수북하게 담긴 빨간 딸기들. 말하길 나는 맛있는 딸기를 구분하는 심미안이 뛰어나다고 한다.

"…………."

나는 손바닥을 보았다. 반들반들한 빨간 딸기를 만졌던 감각과 달콤한 냄새가 아직 남아 있는 것만 같았다.

잘 모르겠지만 칭찬을 받으니 기분은 나쁘지 않았다.

"오호 오호 어디 어디. ……확실히 전부 맛있는 딸기네요. 역시."

그리고 마녀 일레이나는 내 바구니에서 딸기를 빼앗아 먹고 있었다. 본인 걸 먹으라며 내가 노려보자, "옆의 잔디밭만큼 좋은 색깔을 하고 있거든요" 하고 잘 이해되지 않는 변명을 늘어놓았다.

그다음에 끌려간 곳은 지팡이 만들기 체험이었다.

말 그대로, 마법사가 쓰는 지팡이 제작을 체험할 수 있다고 한다.

대체로 이런 체험 학습이라는 것은 강사가 하는 말을 제대로 들으면 좋은 게 만들어진다는 것은 당연한 이치.

"솜씨가 좋네!"

여기서도 강사는 나를 칭찬했지만, 나로서는 당연한 이야기에 지나지 않았다.

그다음에 체험한 것은 피아노 교실.

왠지 잘 모르겠지만 체험이 가능한 것 같다며 마녀 일레이나가 내 손을 잡아당겼다. 이것도 역시 강사의 말을 들으니 간단한 곡 정도는 칠 수 있게 되었다.

"…………."

손끝으로 건반을 누를 때마다 음색이 가슴에 울렸다. 모르는 감각이 내 안으로 스며드는 듯한 느낌이었다.

참으로 이해가 빠르다고 절찬하는 강사 옆에서 마녀 일레이나 는 지휘자처럼 지팡이를 흔들고 있었다.

"뭐 하는 거야?"

"저, 지휘자의 재능은 있는 것 같아서요."

피아노는 잘 치지 못했나 보다.

그 후로도 그녀는 나를 멋대로 끌고 다녔다.

고구마 캐기, 크레이프 만들기, 재봉. 그리고 다시 제빵. 그녀 가 하고 싶은 일은 너무나도 많아서 하루 만에 다 돌지 못했고, 결국 주말 내내 그녀와 둘이서 온 마을의 체험 교실 문을 두드리 게 되었다.

"그것참 무척 만족했습니다."

그리고 주말 밤. 레스토랑 안.

환한 얼굴로 그녀는 맛있는 음식에 입맛을 다셨다.

"잘됐네……."

"당신은 어땠나요?"

갑작스럽게 질문을 했다. 나는 테이블에 엎드린 채 그녀를 올 려다보았다.

"휴일에 이렇게 돌아다닌 건 처음이야……."

아마도 나는 지친 얼굴을 하고 있었을 것이다.

그러나 그녀는 그런 나를 바라보며 즐겁게 웃고 있었다.

"뭔가 하고 싶은 건 찾았나요?"

──라면서.

"…………."

침묵. 나는 그녀에게서 시선을 돌리고, 아무런 대답도 하지 않았다.

손바닥을 바라보고 있었다.

겨우 이틀.

그녀의 심심풀이에 계속 끌려다니며 지쳐버린 내 손바닥에는 온갖 냄새와 감각이 깃들어 있는 것만 같았다.

빵 반죽을 했을 때의 감각. 딸기의 달콤한 감각. 피아노의 음색.

어쩌면 그녀는 내가 하고 싶은 걸 찾을 수 있게 도와준 것일까?

"참고로 개인적으로는 빵 장인을 추천해요. 어떤가요? 빵 장인."

……그렇지도 않은가 보다.

"당신이 맛있는 빵을 먹고 싶을 뿐인 거잖아."

바보 같은 소리 하지 마, 하고 나는 뺨을 부루퉁하게 부풀리며 말했다.

"유감이지만, 하고 싶은 건 아무것도 못 찾았어."

"그건 유감이네요."

겨우 이틀.

다소의 경험을 쌓은 정도로, 인생을 정하는 선택을 할 수 있을 리 없다.

"…………."

하지만.

"뭐, 그래도── 의미 있는 이틀이긴 했어."

나는 다시 손바닥을 바라보았다.

하고 싶은 것을 무엇 하나 모르던 내 손바닥은, 몰랐던 감각으로 넘쳐나고 있다. 무엇 하나 흥미가 없던 나의 주변엔 모르던 것이 수없이 넘쳐나고 있다는 것을, 나는 알았다.

"……고마워. 일레이나."

자연스럽게 새어 나온 말이었다. 순순히 감사 인사라니 나답지 않다.

살피듯이 천천히 고개를 들자, 아주 조금 의외라는 얼굴을 한 그녀의 모습이. 그제야 나는 그만 그녀의 이름을 편하게 불러버렸다는 것을 깨달았다. 아, 어쩌지. 언니의 지인인데. 별로 친하지 않은데. 그렇게 변명을 머릿속으로 생각하고 있자니, 그녀는 이윽고 표정을 풀며 웃었다.

"천만에요."

어쩌면 나는 조금 어른이 되었을까.

나를 바라보는 그녀의 시선에는, 마치 삐친 어린아이를 흐뭇하게 바라보는 듯한 기색은 이제 조금도 남아 있지 않았으니까.

○

"그런고로 마녀의 브로치를 주세요."

며칠 후의 일.

나는 삼각 모자와 로브를 몸에 걸치고, 마법 총괄 협회 소속이라는 증거인 달을 본뜬 브로치를 달고서, 일하는 중인 실라 선생님을 찾아갔다.

"……뭐라고?"

그녀는 어리둥절해하고 있었다.

다시 한번 설명하지 않으면 안 되는 거야? 정말이지…….

"그러니까, 저는 하고 싶은 게 뭔지 지금도 여전히 잘 모르겠지만, 앞으로 여러 가지 것들을 경험하고 싶으니까 마녀로 인정해 주세요."

하고 싶은 게 무엇인지는 아직 모르겠다.

하지만 애초에 나는 아직 눈에 보이는 범위의 지극히 일부밖에 모른다는 것을 일레이나 씨에게 끌려다닌 이틀 동안 알았다. 말하자면 모르는 것을 이해했다고도 말할 수 있었다.

그것이 실라 씨가 말하는 **어른이 된다**고 하는 것인지는 모르겠지만.

적어도 틀리지는 않았으리라고 생각한다.

"……뭐, 좋아."

조용히 실라 씨가 중얼거렸고, 그 손끝이 내 가슴께로 뻗어왔다. 평소와 같은 싫어하는 냄새가 훅 풍겨왔다.

시선을 떨어뜨리자 별을 본뜬 브로치가, 내 가슴에 달려 있었다.

"오래전부터 네 마녀명은 정해놨었어."

작은 글자를 손가락으로 더듬으면서, 나는 그 이름을 소리 내 읽었다.

"그을음의 마녀……."

그것이 나의, 마녀로서의 이름이라고 한다.

가슴께에서는 평소보다 아주 조금 더 무게가 느껴졌다. 이 무게에 익숙해진다는 것도 또한 어른이 된다는 것인지도 모른다.

한 걸음 물러나, 이제 막 브로치를 단 나를 바라보면서 실라 선생님은 고개를 끄덕였다.

"잘 어울리잖아."

"뭐, 이래 봬도 마녀에 걸맞다는 말을 들을 만큼의 일은 해왔으니까요."

머리카락을 넘기면서 조금 어른스러운 분위기를 만들며 말해 보았다. 말하면서 이런 점이 그야말로 어린애 같은 게 아닐까 하고 한순간 생각했다. 앞으로는 그만두자.

바로 반성할 수 있는 여자. 역시 어른인 나.

"그나저나, 네가 일레이나와 그렇게 친할 줄은…… 의외야."

"네?"

이 선생님은 무슨 말을 하는 거람.

"딱히 저는 일레이나와 친하지 않은데요."

"편하게 이름을 부를 정도의 사이잖아."

"저는 언니를 대할 때를 빼곤 누구한테나 이래요. 딱히 그녀가 특별한 건 아니에요."

"흐응……?"

재미있다는 듯이 나를 바라보는 실라 선생님.

어쩐지 무슨 말을 해도 변명 같아지는 듯한 기분이 들었다. 고개를 돌리고 입을 다물고 있자, 그녀는 짐을 정리하고 몸단장을 했다.

일하는 중인데.

"어디 가는 건가요? 실라 선생님."

"응? 흡연 장소."

"…………."

내가 침묵으로 답하자 실라 선생님의 표정이 순식간에 흐려졌다.

"요즘은 흡연 장소를 제한하는 나라가 많아서 말이야……. 이렇게 흡연 장소에 당당히 갈 수 있는 나라를 만난 것만으로도 기뻐서 견딜 수 없어진다니까."

못 참겠어 하고 그녀는 기뻐하며 환한 표정을 지었다.

그래서 나는 한숨으로 답했다.

"어른이 되어주세요."

©Azure

어느 나라의 마법 총괄 협회에는 오늘도 많은 고민 상담이 전달되었습니다.

날이면 날마다 책상 앞에 앉아 협회 직원들은 각지에서 보내진 투서들을 매일 처리해 갑니다.

산더미처럼 쌓인 투서들. 그 하나하나가 마을 사람들의 고민입니다.

협회 직원들은 당연하게도 그 전부를 진지하게 마주합니다. 결코 하나도 놓치지 않도록, 사람들의 아픔이 덜해지도록.

"……퍽큐."

그런데 그런 고민 상담원—— 통칭 투서 담당자 중에 한 사람, 여행하는 마녀가 섞여 있었습니다.

머리카락은 잿빛. 검은 로브를 입고, 오른손에는 펜, 왼손에는 편지. 그리고 내려다보는 눈동자는 생기를 잃은 유리색.

모집 벽보를 발견하고 당시의 기분과 기세로 투서 담당자가 되었고, 그리고 그 너무 많은 업무량에 진절머리를 내면서 아르바이트하고 있는 그녀는 대체 누구일까요.

그렇습니다. 저입니다.

"……이거 대체 언제 끝나는 건가요."

예정으로는 앞으로 나흘 정도면 끝날 터입니다만, 같은 일의 반복이고, 무엇보다 쭉 앉아서 하는 단순 작업이고, 그런 것치고는

155

머리를 써야 해서 피로가 하루하루 쌓일 뿐이라 곤란했습니다.

거기에 더해 같은 장소에 계속 머물면, 종종 쓸데없는 인간관계에 얽혀들고 마는 것입니다.

예를 들면 파벌 싸움, 뒷담화, 험담, 소문.

소곤소곤 수군수군, 귀를 기울이면 들려오는 것들입니다.

"저기, 저기 잿빛 머리카락의 마녀가 있는 거 보여?"

"뭐? 응. 얼마 전부터 아르바이트로 와주고 있는 애잖아? 우수하고, 좋은 아이야. 나도 얼른 마녀가 되고 싶다."

"⋯⋯흥. 마녀인 게 뭐? 일을 잘하는 게 뭐? 나, 들었거든. 모두 저 애를 싫어한다나 봐."

"뭐어? 정말로?"

"정말로. 당신도 괜히 미움받고 싶지 않으면 가까이 가지 않는 게 좋을 거야."

등등.

뭔지 잘 모르겠습니다만, 아무래도 저는 주변에서 나쁜 의미로 주목을 받고 있나 봅니다.

곤란하군요.

일단 지금 제 이야기를 하고 있던 두 사람—— 특히 소문을 퍼트리고 있던 쪽의 얼굴은 기억했습니다만, 말투로 보건대 그녀도 누군가에게 제 악평을 전해 들은 것일 테죠.

소문의 근원을 찾지 않는 한 저의 악평은 계속 퍼져나갈 뿐. 그러나 여기서 일하고 있는 마법사들 중에서 소문을 퍼뜨리고 있는 장본인을 밝혀내기란 지극히 어렵습니다. 그보다 며칠 후면 사라질 텐데 그렇게까지 노력해야 할 필요성이 느껴지지 않습니다.

그러나 쓸데없는 잡음이 귀에 들어오는 것은 업무에 방해가 됩니다. 이건 단도직입적으로 말하자면 성가신 사태라는 뜻이기도 합니다.

그것참 정말이지 곤란하군요.

………….

그렇게.

그런 식으로 생각을 거듭하면서, 저는 문득 이상한 감각을 느꼈습니다.

예전의 저라면 아마도 소문이 돈 시점에서 보복하기로 하고, 의자에 달라붙어 떨어지지 않게 되는 마법이라도 걸었을 겁니다. 오늘에 이르기까지 착실하게 매일 투서와 마주하고 있는 것에도 놀랐습니다만, 저는 자신에 관한 악평을 들으면서도 감정에 잔물결조차 일지 않은 것에도 마찬가지로 놀랐습니다.

어른이 되었다는 것일까요? 잘 모르겠지만, 만약 그렇다고 한다면 나쁜 기분은 아니로군요.

"어떻게 할까요……."

저는 하품을 하면서 투서의 산에 손을 찔러 넣고, 휙 편지를 뽑으면서 중얼거렸습니다.

날이면 날마다 다양한 상담 업무와 마주하는 저입니다. 저야말로 이 성가신 상황의 타개책을 누군가에게 상담하고 싶은 바입니다만.

일단 쓸데없는 생각은 제쳐두고, 일을 시작하기로 할까요.

과연 오늘 첫 고민 상담자는 어디의 누구일까요?

"······으음?"

편지를 펼친 순간 저는 갸웃거리고 말았습니다. 상담 내용이 이상야릇해서 편지를 보낼 만한 가치가 없는 문제······라는 것은 지금까지도 많았고, 그때마다 저는 고개를 갸웃거렸습니다만, 이번 투서는 조금 성질이 달랐습니다.

애초에 투서라고 인식해도 괜찮을지 망설여지는 내용이었던 것입니다.

『저기, 갑자기 답장이 오지 않게 되었는데, 혹시 그겁니까? 용건이 끝나면 더는 답장할 필요는 없다는 겁니까? 세상에! 이 얼마나 제멋대로인가요. 나는 당신을 그런 동문으로 키운 기억은 없어요! 사과의 의미로 빵을 보내주세요. 서둘러서. 잘 부탁드립니다.』

편지에 쓰여 있던 것은 그러한 글귀. 대체?

저는 편지를 휙 뒤집어 보낸 사람을 보았습니다.

아무래도 왕립 세레스텔리아의 한 여성이 보낸 편지인가 봅니다. 글을 통해 몹시 빵을 좋아한다는 것을 알 수 있었습니다. 용모는 잘 모르겠지만 왠지 모르게 검은 머리카락에 언제나 나비를 쫓아다니는 성인 여성이라는 분위기를 느꼈습니다. 그보다 평범하게 이름이 있군요.

받는 곳은 이웃 나라의 마법 총괄 협회. 이 나라의 마법 총괄 협회에는 밤낮으로 많은 투서가 쏟아지기 때문에, 아마도 실수로 여기에 배달되어 버린 것일 테지요.

편지 내용으로 보아 편지를 주고받던 중에 답장이 오지 않게 되어버려 급격하게 불안해진 것일까요?

아마도 원래 편지가 가야 할 곳의 상대는 한참 전에 답장을 할 의미를 잃었을 테니, 이대로 못 본 걸로 하고 다시 일을 시작해도 괜찮겠지만.

"──저기, 저기 있는 마녀 애 말인데⋯⋯."

왠지 모르게, 딱히 깊은 이유는 없지만, 이 편지를 보낸 사람에게 실수를 지적해드릴 마음이, 들었습니다.

그리고 답장을 쓰면서, 문득 저는 생각했습니다.

이런 때, 나의 스승님이라면 어떻게 생각할까요?

잘못 온 투서 왕립 세레스텔리아의 한 마녀

"어머나!"

그날, 평소처럼 왕립 마법 학원으로 향해 집무실 문을 열자, 몹시 커다란 짐이 저를 맞아주었습니다. 이건 대체 어찌 된 일인가요? 무심코 목소리가 나와 버렸잖아요.

당황하면서도 빙글 상자 주변을 한 바퀴 돌았습니다. 상자에서 감도는 것은 희미한 좋은 향기.

보낸 사람 칸에는 어느 나라의 마법 총괄 협회 명이 있었습니다. 저는 거기서 실라가 보냈다는 걸 알아차렸습니다.

"어라⋯⋯ 정말이지, 솔직하지 못하네요."

끈질기게 말하면 빵을 사주는군요. 다음부터 편지를 보낼 땐

매번 부탁할까요── 그런 공상을 하면서, 저는 상자에 손을 댔습니다.

과연 먼 나라의 빵은 어떠한 것일까요?

『유감스럽지만 상자 안에 빵은 없습니다.』

응?

연 순간, 묘한 편지가 나와 대면.

빵이 없어? 어떻게 된 건가요? 종이를 치우면서 상자의 내용물을 들여다보자, 담겨 있던 것은 쿠키, 와플, 마들렌. 배송되는 동안 상하지 않도록 서늘한 냉기 속에서 과자들이 언 것처럼 몸을 맞대고 있었습니다.

저는 과자를 구출해내면서 편지에 다시 시선을 주었습니다.

다시 보고 깨달았습니다만 아무래도 편지를 보낸 상대는 실라가 아닌가 봅니다.

제가 보냈을 터인 편지가, 상자 안에 함께 들어 있었으니까요.

『우선 먼저 사과해야만 하는 것이 있습니다. 당신이 보냈던 편지는 아무래도 어떤 실수로 마법 총괄 협회의 다른 부서로 섞여 들어가 버렸나 봅니다. 따라서 상대방에게 편지는 전달되지 않았습니다. 수고를 끼치게 되었습니다만, 다시 보내주시겠습니까? 이 과자는 사죄의 선물로서 보내드린 겁니다.』

어라라.

이 얼마나 친절한 분인가요?

알지도 못하는 사람의 다정함에 저는 미소가 새어 나왔습니다.

편지에는 다음 내용이 있었습니다.

『참고로 원하시는 대로 빵을 보내드릴까 생각했습니다만, 애초에 빵은 장기 보존에 적당하지 않고, 갓 구운 쪽이 맛있다는 건 주지의 사실입니다. 배송해도 맛있는 빵을 맛볼 수 있다고는 확신할 수 없습니다. 둘도 없는 빵 애호가임에도 어째서 이러한 제안을 하는지 매우 의문이었습니다만 일단은 뭔가 사는 편이 좋으리라는 개인적인 판단으로, 근처에서 산 과자를 적당히 담았습니다. 요청이 있으면 또 보내겠습니다. 잘 부탁드립니다.』

어머나!

저는 방금까지 짓고 있던 미소를 거두고 상자를 봤을 때와는 다른 의미에서 목소리를 높였습니다.

으으음 하고 편지를 노려봅니다. 처음 보는 상대에게 이 무슨 버릇없는 태도인가요. 마치 오래 알고 지낸 상대에게 할 법한 비아냥이 섞인 문장이 아닌가요?

아직 서로의 거리감을 잡지 못했을 때 날린 비아냥은 그저 험한 말입니다. 처음 보는 사이라면 당치도 않은 일입니다. 이 얼마나 무례한 분인가요.

교사로서 이러한 무례한 사람은 교정해야만 할 테지요.

"어쩔 수 없군요…… 이건 엄하게 주의를 주어야만" 하고 저는 펜을 들었습니다.

"세상에…… 이 쿠키 맛있어……."

틀렸습니다.

무의식중에 먹고 있던 쿠키를 일단 다 먹고 나서 저는 답장(이라는 이름의 클레임)을 쓰기로 했습니다.

"어디 보자…… 그러고 보니 보낸 사람은 누구일까요?"

마법 총괄 협회 앞으로 보내면 잘못해서 다른 분에게 전달될 수도 있습니다. 한번 잘못 배달되었으니 더더욱 신중하게 해야만 합니다.

자세히 보니 편지 끄트머리에는 역시 깔끔한 글씨로 서명이 되어 있었습니다.

"……어라?"

발신인의 이름이 거기에는 있었습니다. 분명하게.

저는 펜을 내려놓고 다시 한번 편지를 훑어보았습니다. 깔끔한 필치. 정중한 말투. 그러나 비아냥이 섞인 문장. 서명란에 적힌 이름은 일레이나.

오래 알고 지낸 사이이자 여행하는 마녀의 이름이었습니다.

상담자 투서 담당자 일레이나 씨

『당신 그런 데서 뭐 하고 있는 건가요?』

과자를 보낸 후 바로 제 앞으로 프랑 선생님의 답장이 도착했습니다. 저로서는 프랑 선생님이야말로 실라 씨에게 빵을 조르고 대체 뭘 하고 있는 겁니까 하고 묻고 싶은 바입니다만, 뭐 괜찮겠지요.

"가끔은 성실하게 일해보는 것도 괜찮을지 모르겠다고 생각해서요."

딱히 의식한 것은 아니었지만, 저는 그날부터 일 사이사이에 프랑 선생님과 편지로 대화를 나누게 되었습니다.

　매우 자연스러운 흐름으로 숨을 쉬듯이 화제가 손끝에서 넘쳐 흘러 이어집니다.

『그런데 그쪽 나라에는 쿠키, 와플, 마들렌 외에도 맛있는 과자가 있나요?』

"과자를 너무 많이 먹으면 살찝니다."

『먹고 싶다는 말은 안 했는데요.』

"감춰도 소용없습니다. 선생님."

『어라, 제 속마음을 아는 건가요?』

"속마음이 행간에서 그대로 드러나고 있으니까요."

『그래서, 있나요? 과자.』

"있습니다만……."

『어머나! 그럼 나중에 좀 보내주세요. 잘 부탁해요.』

"딱히 속마음을 감추지 않는다고 해서 말을 들어주는 것도 아닙니다만."

『세상에 차가운 제자로군요. 그래서, 일은 어떤가요?』

"그럭저럭 노력하고 있습니다."

『일레이나, 나는 좋은지 나쁜지를 물은 거예요.』

　편지 너머에서 프랑 선생님이 변함없이 웃음을 짓고 있는 것만 같았습니다.

『어쩌면 그 일은 당신 성격과 잘 맞지 않을지도 모르겠네요.』

　이런 이런, 하고 눈을 가늘게 뜨면서 선생님은 손이 많이 가는 학생을 보는 듯한 시선을 보내고 있다, 그런 기척을 느꼈습니다.

어른이 되었는지도 모른다.

그런 생각을 한 직후에 이런 말을 듣다니 곤란하군요. 아무래도 어른이 되었다고 생각했던 것은 그저 환상이었나 봅니다.

"⋯⋯⋯⋯."

이런 선생님이기에 모르겠는 걸 물어보고 싶어지는 겁니다.

"이건 제 지인의 이야기입니다만──."

저는 최근 생긴 일을, 적었습니다.

어디까지나 가공의 지인에게 일어난 일인 걸로. 하나부터 열까지 줄줄이.

『──흐음흐음. 과연. 요컨대 그 지인을 싫어하는 사람이 누구인지 신경 쓰인다는 거로군요. 누가 적인지는 모른다. 하지만 적이 어딘가에 있을지도 모른다. 그런 환경이라 신경이 쓰여서 집중력이 떨어진다. 상당히 사소한 일을 신경 쓰는군요. 그분도.』

"저도 그렇게 생각합니다."

『하지만 마음은 이해할 수 있습니다. 쿠키를 먹다가 문득 남은 개수가 신경 쓰여서 왠지 모르게 지금 먹고 있는 쿠키도 진심으로 즐길 수 없게 되는 것 같은, 그런 사소한 아쉬움 같은 이야기로군요.』

"⋯⋯그런 이야기인가요?"

『네. 그런 이야기입니다. 괜찮다면 조언을 해드릴까요?』

답례로는 쿠키를 더 보내주면 됩니다──라고 적으면서, 프랑 선생님은 그렇게 어떤 이야기를 편지에 실었습니다.

어느 소녀의 이야기

어느 마을에 인기 있는 마법사 소녀가 있었습니다.

사람들에게 미소를 전하고 싶다고 하는 긍정적인 신념을 가진 소녀는, 마을의 거리에서 마법을 이용한 연무를 선보이며 길을 오가는 사람들에게 행복을 뿌렸습니다.

마을 사람들은 금세 그녀의 포로가 되었습니다. 주목은 또 다른 주목을 불렀고, 그녀는 바로 온 마을의 인기인이 되었습니다. 나도 마찬가지였습니다.

한때는 그녀 때문에 외지에서 사람이 올 정도였습니다.

그러나 멋진 그녀의 미소는 어느 날 한 신문 기사로 인해 흐려지게 되었습니다.

『비판 쇄도! 길거리 공연을 하는 마법사의 검은 과거』

그러한 헤드라인 아래에 쓰여 있던 것은 그녀의 과거를 폭로하는 기사였습니다.

쓰여 있기를, 아무래도 그녀는 예전에 조금 제멋대로 살아왔는지 전 애인인 연상의 남성과 밤낮으로 술에 취해 담배를 피우는 날들을 보냈다나요.

그런 문란한 과거를 가진 여성이 마을에서 사람들에게 미소를 뿌리고 있는 현 상황이 불순하기 그지없다며 많은 사람에게서 비판의 목소리가 쏟아지고 있다고 했습니다.

이 기사에 여성은 바로 반응을 했습니다. 전 연인과의 관계를 인정하면서도, 그런 과거를 부끄러워하며 지금은 제대로 살려 하고 있다고 사람들에게 호소했습니다.

그런 그녀를 둘러싼 사람들은 그녀의 진지한 자세에 박수를 보냈습니다. 그러나 척 보기에도 그녀의 팬이라고 부를 수 있는 사람 수는 줄었습니다.

그런 역경 속에서도 평소와 다름없는 미소를 뿌리는 그녀의 모습에 가슴이 옥죄는 것만 같았습니다.

한때는 그녀의 미소에 매료되어 있었으면서, 그녀를 둘러싸고 있던 사람들은 어째서 떠나가 버린 것일까요?

비판의 목소리란 구체적으로 어떠한 것일까요? 대체 어디의 누가, 그녀의 과거 행실을 비난하고 있는 것일까요?

그래서 나는 그녀의 팬이었다고 하는 분들도 포함해 여러 사람에게 탐문을 했습니다.

그 결과가 어땠을까요?

단도직입적으로 말하자면, 그녀에게 화를 내는 분은 어디에도 없었습니다.

내가 탐문을 해본 한은 대부분의 사람이 "비판받고 있는 모양이다"라는 정보만을 알고 있었고, 어디서 누가 비판하고 있는지는 몰랐습니다. 나와 마찬가지로 그녀를 응원하는 마음이 있는데, 주변 분위기의 변화에 당황하는 사람뿐이었던 것입니다.

"딱히 과거 같은 건 어찌 됐든 상관없잖아." "그녀가 과거에 연인이 있었는지 어떤지는 관계없어." "매력적인 여성이니까 연애 정도는 할 테죠." "나도 젊을 때는 말썽을 부렸다고."

마을에서는 오히려 그러한 비난의 목소리에 분노를 느끼는 사람들만 보였습니다.

어째서일까요?

비판의 목소리가 잇따르고 있다고 하는데 실제로는 "비판의 목소리가 잇따르고 있는 모양이다"라고 떠들 뿐, 그러나 아무도 비판의 목소리 그 자체는 들어본 적이 없습니다. 정말로 그녀의 과거 행실은 비판받고 있던 것일까요?

그 답을 아는 사람은 어디에도 없었습니다.

그저 그녀가 비난받고 있는 것 같다고 하는 분위기만이, 마을에 미소를 뿌리는 그녀의 주변에 떠돌게 되어버렸던 것입니다.

그리하여 그녀의 인기는 어느샌가 빛을 잃고 말았습니다.

사실은, 아무도 그런 일을 바라지 않았는데.

상담자 투서 담당자 일레이나 씨

『결국 사람은 그 자리의 분위기에 휩쓸리는 생물이라는 겁니다. 과격한 말로 채워졌던 기사에 낚인 사람들이, 머릿속에 가공의 적을 만들어내고 분노한 결과가 결국엔 그녀의 인기를 빼앗게 되어버렸던 것입니다.』

프랑 선생님의 편지는 그렇게 마무리되었습니다.

이건, 즉 마법 총괄 협회에서의 상황으로 바꿔 말하자면.

"……그러니까 실제로는 **제 지인**을 비난하고 있는 적 같은 건 존재하지 않는다는 건가요?"

『그러네요. 뭐 굳이 말하자면, 그 지인의 나쁜 소문을 들었다고

167

퍼뜨리고 다니는 사람을 적이라고 생각해야 하지 않을까요?』

"과연 역시 그렇습니까."

저도 그런 기분이 들기는 했습니다. 지팡이를 휘두르면서 저는 고개를 끄덕였습니다.

그러자 갑자기 멀리 떨어진 자리에서 "꺄아아아아악!" 하고 비명 소리가 터져 나왔습니다. 무슨 일일까요? 힐끗 시선을 기울여 보니, 세상에 이게 무슨 일인지. 저의 안 좋은 소문을 흘리고 다니던 분과 의자가 딱 달라붙어 있었습니다. 소문만 떠들지 말고 성실하게 일하라고 보이지 않는 힘이 작용했는지도 모릅니다.

『뭐, 가공의 타인에게 들은 척하며 이야기하는 건, 소문을 퍼뜨리는 상투적인 수단이잖아요? 딱히 당신의 지인에게 일어난 것 같은 나쁜 소문에 한해서 말하자면, '밉다'라는 이야기보다 '미움을 받고 있는 것 같다'고 이야기하는 편이 설득력이 있으니까요.』

전자는 개인적인 의견. 그러나 후자는 한층 객관적인 의견이라는 식으로 받아들여지니까요. 설득력이 한층 늘어나겠죠──하고 프랑 선생님은 썼습니다.

과연 그렇군요.

뭐, 저도 가공의 지인을 만들어내서 프랑 선생님에게 의견을 구했으니, 그 부분의 생각에 관해서는 대체로 같은 의견입니다.

하지만 프랑 선생님의 이야기 중에 신경 쓰이는 부분이 하나 있었습니다.

"그런데 그 마법사 여자아이는 그 후에 어떻게 되었나요?"

이상한 소문이 퍼져서 무척 곤란했을 테지요. 불쌍하게도.

그 후에도 무사히 활동할 수 있기를 진심으로 바라 마지않았습니다.

그렇게 저는 순수하게 마법사의 그 후를 걱정했습니다만.

그러나 저의 순정을 농락하는 것이 프랑 선생님이라는 분이었습니다.

『아, 인기 마법사 말인가요? 그 애라면 실재하지 않습니다.』

편지 너머에서 왠지 모르게 키득 웃고 있는 것만 같은 기척을 느꼈습니다.

"무슨 소리인가요?"

저는 "뭐?" 하는 의도를 듬뿍 담아서 답장을 했습니다.

실재하지 않는다니?

머리 위에서 물음표가 빙글빙글 소용돌이치고, 뒤에서 묘한 소문이 퍼지던 때보다도 떨떠름함을 느끼던 제게 프랑 선생님의 편지가 도착한 것은, 그로부터 얼마 후였습니다.

선생님은 변함없이 명랑한 태도로 편지를 썼습니다.

말하길.

『가공의 지인 이야기입니다.』

하지만, 그편이 더 설득력이 있잖아요?

두 학생의 역사 탐방

역사 탐방.

그것은 역사를 좋아하는 여자에 의해 역사를 확인해 나아가는 멋진 여행의 날들을 말합니다. 학생 신분이면서 이 역사 탐방 여행을 하는 것은 이 두 사람의 마법사. 함께 빗자루를 타고서 평원 위를 날고 있었습니다.

한 명은 보라색 머리카락을 뒤에서 하나로 묶은 씩씩한 소녀, 이름은 리나리아 씨.

그리고 또 한 명, 여행 동행인은 밤색 머리카락의 소녀. 그 이름은 아르테. 간단히 말해서 나입니다.

"흐아아암……."

이런 한심한 목소리를 내며 하품을 하는 것도 나입니다. 아침 일찍 나라를 떠난 참이라 머리가 아직 멍하고 졸렸습니다.

잠에 어린 눈으로 멍하니 평원 저편을 바라보았습니다.

그리고 얼마 후 옆에서 빗자루로 날고 있는 리나리아 씨 쪽으로 시선을 돌렸습니다.

"그러니까…… 이 평원을 곧장 나아가면 다음 나라가 여기고……."

역사 탐방의 발안자인 그녀는 다음 나라로 가는 지도를 노려보

171

면서 으으음 하고 신음하고 있었습니다.

여행에 익숙하지 않은 나와 그녀에게 지도는 읽기 어렵고, 게다가 헷갈리기 쉽고, 종종 고민거리가 됩니다. 예를 들어 지금 날고 있는 평원이라면 가느다란 길이 나 있거나, 군데군데 나무들이 몸을 기대고 있거나 하지만, 그러한 것은 지도상에는 어디에도 기재되지 않고 그저 심플하게 '평원'이라고만 쓰여 있습니다. 이 심각한 부실함. 지도를 잘못 산 걸까요?

"정말이지……! 이 지도는 대체 뭐야……!"

그런 심각한 완성도의 지도를 꾸깃꾸깃 움켜쥐면서 분노를 드러내는 리나리아 씨. 화났습니다. 아아, 큰일이야.

나는 그런 그녀를 달래기 위해서 그녀가 모를 터인 솔깃한 정보를 슬쩍 흘리기로 했습니다.

"쿨한 리나리아 씨라도 무심코 흐어어억 해버릴 이야기, 해도 괜찮을까요?"

"뭐? 내가 그런 얼빠진 목소리를 낼 리가 없잖아. 바보 취급하지 마."

"와아 엄청 화났어."

"지금 기분이 별로야. 미안해."

"바로 사과하는군요."

"너한테 화난 게 아닌걸."

"와아 귀여워."

"화낸다."

"미안해요."

"그래서 얘기라니, 뭔데?"

"아, 네. 그러니까——."

역사 탐방을 하던 중. 바로 어제, 우연히 떠오른 이야기를 그녀에게 들려주었습니다.

이건 내가 본가에 있던 때 정말인 것처럼 퍼졌던 소문.

이 지방에 전해지는 일화.

"사실은 이 근처 평원에 아주 대단한 소문이 혼자 돌아다니고 있거든요. 아, 혼자 돌아다닌다는 건 비유적인 의미이기도 하지만 현실적인 의미이기도 한데, 실은 글쎄——."

"이동식 숙소 르노와 소문 말이지? 당연히 알고 있거든."

"그런가요."

나 아직 아무 말도 안 했는데요.

"이 주변에서는 아주 유명한 얘기야."

우리 두 사람의 역사 탐방 발안자이면서 심각한 역사 마니아이기도 한 리나리아 씨는 쿨한 표정을 지으면서도 조금 고양된 듯이 조잘조잘 이야기하기 시작했습니다.

"이동식 숙소 르노와는 날개 없는 검은 용 같은 외견을 갖고 있다고 해. 평원에 사람 하나가 들어갈 정도의 발자국이 나 있는 걸 발견하고, 그걸 따라가면 만날 수 있다나 봐…… 후후, 멋져."

말하길 이 지역에 널리 알려진 이동식 숙소에는 다음과 같은 특징이 있다고 합니다.

우선 지금 리나리아 씨가 말한 것처럼, 날개 없는 검은 용 같은 외견. 평원을 여유롭게 걷고 있는 이 용은 여행자나 길을 잃은 사람과 마주치면 멈춰서서 긴 꼬리를 축 늘어뜨려 등으로 올라오라고 재촉한다고 합니다.

그렇게 용의 등 위로 올라가면 보이는 것은 소박한 숙소.

3층 목조 건물로, 마당이 딸려 있습니다. 옛날부터 용과 함께 있으며, 세월의 흐름을 엿볼 수 있을 만큼 이끼투성이.

숙소의 문을 열면, 참으로 멋진 날들이 기다리고 있다고 합니다.

과거 숙박한 적이 있는 여행자는 이 숙소에 대해 이렇게 말했습니다.

『몇 번이고 찾아가고 싶어지는 좋은 숙소입니다.』

그것이 이동식 숙소 르노와라는 신기한 숙소.

만나려 해도 간단히 만날 수 있는 것도 아니라서, 이 주변을 여행하는 모두가 선망하는 숙소라고 합니다.

나는 뽐내는 얼굴로 이야기하기 시작했습니다만, 잘 생각해보면 시골 중의 시골인 나의 본가에까지 전해진 이야기를 역사 마니아인 그녀가 모를 리 없었습니다.

"역사 탐방 중에 한 번이라도 좋으니까 묵어보고 싶은 곳 중 하나야."

후후후후, 하고 눈을 빛내는 리나리아 씨.

"그래서, 그 이동식 숙소 르노와가 어쨌는데? 혹시 발자국을 어디서 발견했어?"

"아니…… 발자국은 발견하지 못했는데요."

"아, 그래……."

노골적으로 낙담한 모습을 보이는 리나리아 씨.

혹시 발자국이 없으면 이동식 숙소에 다다를 수 없다고 생각하는 건가요?

"리나리아 씨, 저기 좀 보겠어요?"

나는 그런 그녀의 굳어진 사고방식을 바꾸기 위해 손가락으로 가리켰습니다.

"혹시 저건 이동식 여관 르노와가 아닌지?"

"어?"

우리가 빗자루로 나아가고 있는 앞쪽.

그곳에서는 작은 나무들이 몸을 기대고 있었고.

그리고 만나려 해도 간단히 만날 수 없는 검은 용이 매우 평범하게 나무들 사이에 들어가 이파리를 와삭와삭 씹고 있었습니다. 즉, 식사 중인 이동식 숙소 르노와의 모습이 있었던 것입니다.

나는 잘못 본 거려나 생각했지만, 어찌 보아도 생김새는 소문대로. 등에는 오래된 건물이 올라타 있었고, 거기에 리나리아 씨의 반응을 보아도 그것이 이동식 숙소 르노와라는 것은 의심할 여지도 없는 사실일 테지요.

"…………."

그녀는 잠시 아연실색하며 입을 떡 벌린 다음, 말했습니다.

"흐어어어어어어억."

○

"손님, 죄, 죄송합니다……. 못난 모습을 보여 드렸네요……."

우리가 검은 용의 등을 올라 숙소 문을 두드리자, 젊은 주인이 몹시 허둥대며 카운터에서 나와 맞아주었습니다.

머리카락은 연보라. 어깨 아래에 닿을 정도. 짙은 녹색 제복을 입고 있는 그녀는 자신을 르노와라고 소개했습니다.

이 숙소의 주인으로, 말하길 우리가 숙소에 들어온 직후에 다시 느릿느릿 걷기 시작한 검은 용의 분신이라고 합니다.

나는 흐르기 시작한 창밖의 풍경에 시선을 주면서 "우와, 그런가요" 대단하다 하고 반복해서 감동했습니다만.

"분신이라고……? 대체 무슨 뜻이지? 이런 작은 아이가 용이라는 거야……? 용으로 보이는 증거는 어디에 있어? 혹시 이 머리카락에 달려 있는 머리핀 같은 게 용이라는 증거야? 멋지다. 후후후후후후후…….."

염원하던 꿈이 이루어져 이동식 숙소 르노와로 걸음을 옮길 수 있게 된 리나리아 씨는 기분이 지나치게 고양되어 조금 이상해져 있었습니다. 역사 마니아인 그녀에게 있어 이 숙소 안에서 공기를 마실 수 있게 된 시점에서 그저 감동 정도로는 끝나지 않을 사태인지도 모릅니다.

"나는 이 숙소에 오는 게 오랜 꿈이었어. 그런데 르노와 씨. 당신에 관해 이것저것 가르쳐줄래? 언제 어디서 태어났어? 어째서 숙소를 하고 있는 거야? 그리고 용의 분신이라고 했는데 옛날부터 그 모습이었어? 몇 살이야?"

하지만 좀 진정해줬으면 좋겠네요.

"으하아아아아…… 소, 손님, 이러시면 곤란합니다……!"

©Azure

리나리아 씨가 뺨과 머리카락을 이리저리 만지작거리자 어쩔 줄 몰라 하는 르노와 씨.

"…………."

이래서는 이야기를 나눌 상황이 아니로군요.

나는 조용히 리나리아 씨와 르노와 씨 사이로 들어가, 두 사람을 휙 떼어놓았습니다.

"아르테, 왜 그래?"

"으음, 아무것도 아니에요."

리나리아 씨에게서 해방된 르노와 씨는 "후, 후우…… 놀랐습니다……" 하고 가슴을 쓸어내리면서 세 걸음 정도 우리에게서 떨어졌습니다.

약간 경계하고 있어…….

그리고서 차분함을 되찾은 르노와 씨가 이 숙소에 관해서 하나부터 설명을 해주었습니다. 그렇다고는 해도 그 대부분은 리나리아 씨도 나도 알고 있는 숙소 그 자체에 관한 소개였습니다. 그래서 우리는 동시에 고개를 끄덕이며 "알고 있습니다" 하고 말했습니다.

"어라? 그런가요? 어라라…… 우리 숙소도 유명해졌나 보네요……."

숙소 주인인 르노와 씨 자신에게는 이 숙소가 유명하다는 자각이 없는 걸까요?

"그렇게 많은 여행자를 초대한 적은 없습니다만, 신기하네요."

고개를 갸웃거리면서도 그 얼굴은 기쁜 듯이 풀어졌습니다.

"이곳을 방문했던 여행자들이 여기저기에서 좋은 숙소라고 말하고 다니는 걸 테죠."

보면 알아──하고 리나리아 씨가 고개를 끄덕이며 르노와 씨 쪽을 바라보았습니다.

어라 어라? 또 르노와 씨에게 못된 짓을 할 셈입니까? 하고 나는 순간 대비를 했습니다만, 아무래도 리나리아 씨는 이미 평정을 되찾았나 봅니다.

그녀는 천천히 걸어 르노와 씨의 옆을 스쳐 지나가더니, 카운터 너머에 있는 벽을 올려다보았습니다.

"어⋯⋯? 대단해!"

그곳에 있는 것을 뒤늦게 알아차린 나도 리나리아 씨의 뒤를 쫓았습니다.

벽 한 면에 붙어 있던 것은 셀 수도 없을 정도의 사진들.

아마도 오늘에 이르기까지 이 숙소를 방문했던 손님들의 기록일 테지요. 마법사, 검사, 궁수, 관광객, 상인── 장식된 사진들 속 다양한 사람들이 미소를 짓고 있었습니다.

마찬가지로 사진 속에서 웃는, 르노와 씨 옆에서.

"사진을 붙이게 된 건 얼마 전부터예요."

분명 7년 정도 전의 일이었을 거예요 하고 카운터 안으로 돌아가며 그녀는 가르쳐주었습니다. 7년 전은 얼마 전이라는 느낌이 아닙니다만.

이 장수하는 용에게는 아주 최근의 일로 분류되는 것일까요?

"⋯⋯⋯⋯⋯."

사진을 바라보는 리나리아 씨의 눈동자는 호기심으로 가득했습니다.

반짝반짝 빛나는 눈동자가 자세히 가르쳐달라고 말하고 있었습니다.

그런 어린아이 같은 그녀의 모습에 르노와 씨는 키득 웃었습니다.

"……이 사진에 찍혀 있는 건 여행 중인 신혼부부예요."

하나하나 사진을 가리키면서 손님과의 추억을 그녀는 말했습니다. 말하길 르노와 씨를 사이에 두고 선 두 명의 여성은 어느 나라의 왕녀님과 기사님이라나요.

"이 사진은 고향으로 돌아가는 중인 궁수님과 찍은 거예요."

가리킨 사진 속에서 활을 들고 있는 소녀와 르노와 씨. 숙소에 묵은 기념으로 궁술을 아주 조금 배웠다고 합니다.

"그리고 이건 말 그대로 2인조 여행자와 함께 찍은 사진이에요. 똑 닮은 자매로 보이죠? 사실 이 사람들 검과 마법사 페어예요."

마치 거울에 비친 듯 르노와 씨를 사이에 두고 웃고 있는 복숭앗빛 머리카락을 가진 여행자의 정체는 한쪽이 검이고, 다른 한쪽이 평범한 마법사라나요. 어느 쪽이 어느 쪽인지 알겠어요? 하고 묻기에 고개를 가로저었더니, 오른쪽 사람이 검이에요 하고 즉답. 자세히 보니 오른쪽 사람 쪽이 아주 조금 기가 세 보이는 얼굴을 하고 있네요.

무수한 사진들을 바라보면서 그녀는 말했습니다.

하나하나의 사진에 담긴 추억들을 그녀는 아마도 전부 기억하고 있는 것일 테죠.

"이 사진은 이동식 숙소 르노와를 근육 하나로 멈추려 한 남자와 기념으로 찍은 사진." "그리고 이 사진은 흡혈귀 자매와 함께 찍은 사진." "또 이건 비 경주라는 경기의 선수가 왔을 때 찍은 사진이에요. 사인도 있어요."

적어놓은 문장을 읽듯이 술술 말이 흘러나왔습니다.

아무래도 르노와 씨라는 숙소 주인은, 이 숙소를 방문한 모든 사람들의 추억을 확실하게 가슴속에 담고 있는 것일 테지요.

우리도 벽에 붙어 있는 그녀들처럼, 옆에 나란히 서서 웃는 얼굴로 사진을 찍게 되려나 생각하니 조금 마음 포근해졌습니다.

"이 사진은 다른 것과 다른 거야?"

내 옆의 리나리아 씨가 시선을 떨어뜨렸습니다. 카운터에 놓여 있던 액자. 그 안에서 몇 명의 여성들에 둘러싸인 르노와 씨가 웃고 있었습니다.

특별한 것이기에, 다른 사진과는 다른 곳에 놓아둔 것일까요?

"……그러네요."

끄덕, 고개를 끄덕이면서 르노와 씨는 액자를 손에 들었습니다.

"이건 조금 다른 사정이 담긴 사진이에요──."

분명 그녀에게 있어선 특별한 한 장일 테지요.

조용히 바라보는 그 눈동자는 다른 어떤 사진을 볼 때보다도 그리움과 다정함으로 가득했습니다.

그리고 그녀는 다른 사진을 가리키며 말했던 것처럼 추억을 이야기했습니다.

그것은 7년 전의 이야기.

많은 마음이 담긴 이야기였습니다.

이동식 숙소 르노와의 기억

그날은 몇 달 만에 손님이 왔습니다.

평원에서 우연히 주운 것은 검은 머리카락의 마법사. 숙소에 들어올 때 처음 뵙겠다는 인사와 함께 숙박 기록을 위해 그녀 자신에 관해 물어보니, 그녀는 자신을 카에나라고 소개했고.

"직업은 사진가야"

그렇게 말했습니다.

그것참?

"사진가, 라는 건 뭔가요……?"

부끄럽게도 좀처럼 손님이 없는 이 숙소는 세간의 최신 유행에는 완전히 뒤처지고 있었습니다. 언제나 돌아다니고 있으면서 요즘 세상에 관해 아무것도 모르다니 이상한 이야기일지도 모르지만, 누구와도 만날 기회가 없으면 사람은 순식간에 무지해지는 법입니다.

세상 물정 모르는 저에게 카에나 님은 친절하게 사진가란 무엇인지를 가르쳐주었습니다.

"사진가라는 건 말이지, 이 세상에서 가장 대단한 힘을 가진 일 중 하나야. 그럴 마음만 먹으면 뭐든 할 수 있어. 나 혼자 힘으로 나라 하나를 움직이는 것조차 간단하지. 확실히 말해서 사진가는

어떤 나라의 왕족이든 악당이든 누구든 경우에 따라 말을 듣게
할 수 있다고 해도 과언이 아니거든. 그러니까 사진가라는 건 바
로 이 세계의 숨은 지배자를 말해."

"오오!"

뭔지 잘 모르겠지만 대단하다는 것만큼은 이해했습니다. 나는
숙박 기록에 '대단한 사람!'이라고 단서를 덧붙였습니다.

이 카에나 님이라는 손님은 조금 특이한 분이셨습니다.

"그런데 있지, 이 숙소는 가고 싶은 곳으로 데려다주는 거야?"

숙박 안내를 마친 뒤, 저는 그녀를 3층의 제일 좋은 방으로 안
내했습니다. 그런가 했더니, 그녀는 곧바로 나와서 그렇게 물었
던 것입니다.

물론 손님의 기쁨이 저의 기쁨이기 때문에 저는 "물론입니다!"
하고 고개를 끄덕였습니다.

"그렇구나."

납득한 것처럼 끄덕이는 카에나 님.

"그런데 음식은 좋아하는 걸 내주는 거야?"

"넵!"

같은 이유로 손님의 요청이 있으면 뭐든 준비해드릴 생각이고
말고요.

"그렇구나."

흠흠 하고 다시 고개를 끄덕이는 카에나 님.

부탁하면 뭐든 해주는 건가——하고 작게 중얼거리며 싱긋 웃
더니.

"그나저나 다른 이야기인데, 너만 할 수 있는 부탁이 하나 있어. 부탁해도 될까?"

제 등 뒤편에 있는 벽에 손을 짚고, 제법 가까운 거리에서 저를 바라보면서 그녀는 말했습니다. 저는 두근거렸습니다. 동시에 느낌이 딱 왔습니다.

이 흐름, 혹시……?

"그건 혹시 음흉한 부탁입니까……?"

"아니거든."

아니었습니다.

"그럼 어떤 걸까요……?"

손님의 요청이라면 기꺼이 받아들일 셈이기는 합니다만.

"뭐, 단도직입적으로 말하자면, 조수를 해줬으면 해."

"어머나!"

저는 감동했습니다. 그건 즉, 숨은 지배자님의 조수를 맡겨주신다는 뜻이지 않습니까?

오랜 시간, 숙소의 주인으로서 살아왔습니다만 이러한 전개는 한 번도 없었습니다.

제가 가슴 설렌 것은 말할 것까지도 없습니다.

"꼭! 꼭 시켜주십시오!"

그런고로 저는 몹시도 기뻐하면서 그녀의 제안을 승낙하기에 이르렀습니다.

그리고서 저와 카에나 님은 이동식 숙소 안에서 멋진 날들을 보내게 되었습니다.

사진가라는 직업의 분들은 카메라라는 도구를 사용해서 일을 하시는 것 같았습니다. 그녀는 지팡이를 써서 네모난 연기를 둥실둥실 허공에 띄우더니, 이게 카메라라고 말했습니다.

제게 그것은 솜사탕이나 특이한 모양의 작은 구름으로만 보였습니다만, 카에나 님이 지팡이를 손가락으로 칠 때마다 찰칵하고 카메라라고 불리는 네모난 것에서 빛이 나오고, 직후에 종이가 허공에서 춤추었습니다.

무슨 일이 일어난 것인지 두근두근하면서 눈을 깜빡이고 있으려니, 카에나 님은 떨어져 내린 종이를 잡아 제게 건네주셨습니다.

거기에 그려져 있는 것은 카운터 너머에서 당장에라도 "으와앗!" 하고 말할 것 같은 얼굴을 하고 있는 10대 후반 정도로 보이는 소녀의 모습. 연보라색 머리카락에, 짙은 녹색의 제복을 몸에 걸쳤습니다.

즉, 찰칵하는 소리를 들은 순간의 제 모습이 그려져 있었던 것입니다. 이 얼마나 부끄러운 얼굴인가요. 갑작스러운 일에 깜짝 두근두근하고 있는 것이 아닙니까.

"자, 이런 느낌으로 눈앞의 순간을 잘라내는 것이, 사진가의 일이야."

그러니까 익숙해져야 한다? 하고 숨은 지배자를 자칭하는 자에 걸맞은 못된 표정을 지었습니다. 그것은 즉, 바꿔 말하자면 앞으로 몇 번이고 너를 카메라에 담을 테니까 잘 부탁해라고 말하고 있는 것처럼도 들렸습니다.

그리고 실제로 그 후로 몇 번이고 저는 카메라 앞에 세워지게 되었습니다.

"휘이! 좋은걸! 더 숙소 같은 표정을 지어주면 훨씬 좋겠는데!"

찰칵, 찰칵.

카에나 님의 손에서 몇 장이나 되는 사직이 찍혔습니다.

숙소 같은 표정이라니 뭘까요?

"그럼 다음은 카운터 너머에서 황혼 무렵의 느낌으로 사진을 찍을 테니까. 잠깐 저쪽에서 졸린 얼굴을 해줘."

"이렇게요?"

"더 자연스러운 느낌으로."

"이, 이렇게요……?"

"좋았어!"

찰칵, 찰칵.

지루해 보이는 제 얼굴에 몇 번이고 빛이 비추었습니다. 카메라를 든 그녀의 얼굴에는 숨 막힐 듯한 긴장감. 바꿔 말하자면 움직였다간 살해당할 것만 같은 분위기였기 때문에 저는 떨고 있다는 것을 들키지 않기 위해 필사적이었습니다.

"그럼 다음은 3층 테라스에서 밖을 바라보며 아직 보지 못한 손님을 몹시도 기다리고 있다는 느낌의 장면을 찍을까? 자. 기다린다는 느낌의 표정으로."

"이렇게요?"

"아냐, 전혀 아니야. 좀 더 자연스럽게! 가련한 여자아이 같은 표정으로!"

"이, 이렇게요……?"

"전혀 아냐! 너 지금 사람 말을 듣고 있는 거야?"

"후으으…… 잘 모르겠어요……."

"아, 지금 표정 좋은걸!"

찰칵, 찰칵.

어째선지 잘 모르겠지만 우연히 지은 표정이 좋은 느낌으로 평가받는 일도 있었습니다.

"좀 귀여운 표정을 지어봐."

"에헷, 이렇게요?"

"아니 그 표정은 별로 끌리지 않는데……."

"…………."

반대도 마찬가지.

저는 그런 카에나 님에게 끊임없이 휘둘렸습니다.

그러나 그녀와 있는 시간은 정신없으면서도 가슴 설레는 날들이기도 했습니다.

"이 숙소, 밤에는 움직이지 않는 거야?"

어느 날 밤, 어두운 하늘에 뜬 별들에 카메라를 들이댄 채 그녀는 중얼거렸습니다.

지루하다는 듯이 하품하는 그녀의 어깨에는 담요. 조금 전에 끓인 커피는 이미 텅 비어 있었습니다.

으아아아.

이 무슨 추태인지. 저는 허둥지둥 다시 커피를 끓이면서 답했습니다.

"죄, 죄송합니다! 평소 심야 시간대엔 휴식을 취하거나 하고 있습니다만── 움직이는 편이 좋으신 거죠?! 지금 당장 움직이게 하겠습니다!"

그러니까 화내지 말아주세요! 하고 마음속으로 빌었습니다.

"하하하. 미안, 오해하게 했나 보네."

그런 의미로 말한 게 아니야──하고 그녀는 고개를 젓더니, "오히려 이대로 움직이지 않는 편이 딱 좋아" 하고 말하면서 한 장의 종이를 제게 건네주었습니다.

그것은 별하늘의 사진이었습니다.

"와아……!"

숨을 삼킬 만큼 아름다운 별하늘 사진이었습니다.

어둠 속에 우뚝 솟은 산들. 그 위에 펼쳐진 푸른빛의 하늘 속 지나고 있는 것은 희고 가는 선들. 마치 빗질을 한 것처럼 아름답게 늘어서, 호를 그리며 소용돌이가 되어 있었습니다.

그것은 예술적이고, 그러면서도 비현실적인 광경이기도 했습니다.

적어도 제가 올려다보고 있는 밤하늘은, 어딘가 허전하게 그저 빛나고 있을 뿐이었으니까요.

"그건 별이 가는 궤도를 찍은 사진이야."

그녀는 제 옆에서 말했습니다.

"몇 장이고 몇 장이고 같은 곳에서 사진을 계속 찍어서, 한 장으로 모으면 그런 식이 돼."

현실에는 존재하지 않는 광경.

그러나 그것은 틀림없이 제 눈 앞에 펼쳐진 별하늘을 이용해 찍은 사진입니다.

"대단해……."

그저 그 말밖에 나오지 않았습니다. 계속해서 별하늘 아래를 걸어왔건만, 저는 밤하늘의 진정한 아름다움조차 몰랐던 것입니다.

세상이 제가 모르는 것들로 넘쳐나고 있다는 것을, 저는 새삼 실감했습니다.

"그러니까 말했잖아? 사진가는 그럴 마음만 먹으면 뭐든 할 수 있다고."

기분 좋아 보이는 카에나 님은 새로 끓인 커피에 입을 대더니 맛있어 하고 중얼거리며 눈을 가늘게 떴습니다.

그러나 그런 카에나 님과 보내는 날들 중에 제 안에서 한 가지 욕심이 생겼습니다.

얼마 전, 어느 마녀님이 이 이동식 숙소 르노와를 방문한 다음부터 조금씩 여행자가 이 숙소를 목적으로 방문해주게 되었습니다. 지금까지는 이 숙소의 외관을 보기만 해도 도망쳐버리는 사람뿐이었습니다만, 소문으로 들은 숙소라며 걸음 해주는 사람도 나타나게 되었습니다.

초반에는 그것만으로 만족했습니다.

그러나 역시 인간의 욕심이란 끝이 없는 것인가 봅니다.

사람이 가끔 오게 되자, 다음은 더 많은 사람이 와줬으면 좋겠다고 마음속 깊이 바라게 되어버렸습니다.

많은 손님에게 둘러싸이고, 그리고 함께 웃을 수 있는 날이 온다면, 분명 제 마음은 더할 나위 없을 만큼 채워질 테지요.

사진가인 그녀라면.

그럴 마음만 먹으면 무엇이든 할 수 있는 그녀라면, 어쩌면 저의 그런 소소한 바람조차도 이뤄줄 수 있지 않을까요?

"……저기."

평소처럼 사진을 찍는 매일 속에서.

저는 깨닫고 보니 욕심에 등을 떠밀려 목소리를 내버리고 말았습니다.

"응? 왜?"

"그, 아뇨……."

카메라에서 얼굴을 떼고 고개를 갸웃거리는 카에나 님을 앞에 두고, 저는 허둥지둥 입을 막으며 고개를 저었습니다.

안 됩니다. 안 됩니다. 저는 이 숙소의 주인입니다. 손님에게 부탁 따위 원래 할 수 있는 처지가 아닙니다. 더구나 그녀의 사진 촬영을 중단시키면서까지 할 만한 이야기가 아닙니다.

냉정함을 되찾기 위해 저는 심호흡을 한 번 했습니다.

숨을 들이쉬고, 내쉬고, 그러나 그때 제 머릿속에 검은 저와 하얀 제가 퐁 하고 떠올랐습니다. 두 명의 저는 제 머리 위에서 춤추면서 서로 귓가에 속삭였습니다.

『르노와, 괜찮잖아요. 지금까지 원하는 대로 다 해줬으니까, 하나 정도는 바라는 걸 말해도, 용서해줄 거예요.』

검은 제가 유혹했습니다. 일리 있군요.

『잠깐 기다려주세요.』

그러나 거기서 곧바로 하얀 제가 끼어들었습니다.

『두 개나 세 개도 괜찮지 않을까요?』

하얀 저는 조금 욕망이 컸습니다. 과연 그렇군요.

그러나 그런 희고 검은 두 명의 저 사이에서도, 정작 저는 머뭇머뭇할 뿐이었습니다.

'하, 하지만…… 거절당하면 어쩌지…….'

중요한 부분에서 패기가 없는 것이 바로 저입니다.

그런 제 어깨를 두드린 것은 검은 나.

『벌써 잊어버린 건가요? 르노와. 얼마 전에 이 숙소에 왔던 잿빛 머리카락의 여행자가 한 말을 떠올려주세요.』

그녀가 무어라 말했었는지.

말문이 막힌 저를 대신해 하얀 제가 속삭였습니다.

『──마음은 제대로 전해주세요.』

그러지 않으면 분명 전해지지 않는다. 그녀는 그렇게 말했었습니다.

과연 그렇군요.

그러니까 조금 정도는 제멋대로 굴어도 괜찮다고 여기고 용기를 내야 한다, 라는 것이지요?

"……음? 뭔가 말하려고 하지 않았어? 왜 그래?"

의아해하는 카에나 님.

저는 다시 심호흡을 했습니다.

이제 제 옆에는 하얀 저도 검은 저도 없습니다.

그래서 혼자서, 용기를 짜내어 말했습니다.

아주아주 작은 고민을, 그녀에게 털어놓았습니다.

외톨이는, 외롭다고.

어느 사진가의 기록

찰칵, 하고 셔터를 눌렀다.

마지막에 찍은 한 장은 우연히 찍힌 한 장이었지만, 지금까지 내가 지시해서 억지로 만들었던 어떤 표정보다도 훨씬 자연스럽고, 실감 넘쳤다.

마음을 털어놓는 그녀의 표정은 다른 어떤 사진보다도 예쁘고 덧없고 아름다웠다. 그렇다고는 해도 딱히 남길 만한 건 아니네— 불쌍하기도 하고.

"외톨이가 외롭다, 라—."

르노와의 말을 곱씹듯이 따라 했다.

"조언이 필요하다는 걸로 이해하면 될까?"

"……!"

끄덕끄덕, 눈을 휘둥그레 뜨며 고개를 끄덕거리는 르노와. 분명 나라면 어떤 아이디어를 제공할 수 있으리라 기대하고 부탁한 것이리라.

이 숙소에서는 매일 맛있는 음식도 먹게 해주고 있고, 각지의 절경 포인트까지 일부러 데려다주고, 피사체가 되어주고, 좋은 사진을 몇 번이고 제공해주고, 게다가 숙박비는 공짜고, 착한 아이이고.

뭣하면, 앞으로 1년 동안 이 숙소에서 일하라고 해도 거절할 수 없을 만큼의 은혜를 입었을 정도인데.

"좋아. 그럼 외로워지지 않는 방법, 가르쳐줄게."

그 정도의 부탁이라면 얼마든지.

우선 어디서부터 이야기하면 좋을까. 나는 카메라를 든 채로 잠시 주변을 둘러보았다.

이동식 숙소 르노와는 여전히 평원을 걷고 있다.

"우선 대전제로, 이 숙소는 훌륭해. 창밖으로 보이는 풍경은 언제나 절경 그 자체. 실내 장식은 깔끔하고, 음식도 일품. 이렇게나 멋진 숙소는 지금까지 본 적 없어."

"그, 그런가요? 에헤헤……."

"그런데 이 숙소에는 압도적으로 부족한 게 딱 하나 있어. 그게 뭐라고 생각해?"

"섹시함일까요?"

"전혀 아니거든."

어이어이 지금 그런 이야기를 할 때야?

"그게 그러니까…… 그럼 뭘까요?"

답을 재촉하는 르노와.

나는 당연히 알 수 있는 것이라도, 그녀에겐 그렇지 않은가 보다. 나는 답했다.

"단도직입적으로 말하자면, 이 숙소에 부족한 건 프로모션이야."

"프로모션?"

갸우뚱하고 고개를 기울이는 르노와. 그게 뭐야? 하고 말하고 싶은 듯했다.

"프로모션이라는 건 요컨대 홍보 활동을 말해. 이 숙소에 관해서 말하자면, 존재를 아는 사람이 압도적으로 부족해."

"하지만…… 얼마 전에 온 여행자가 홍보해준 덕분에, 조금은 손님이 오게 되었는데요?"

"여행자인 손님은 말이지."

그 여행자라는 사람과 어떠한 대화를 나누었는지는 모르겠지만, 여행자가 만나는 사람 수야 뻔했다. 그리고 주로 정보 교환을 하는 상대는 여행자나 상인이리라.

"더 많은 사람을 부르고 싶다면, 이 숙소를 목적으로 와줄 만한 관광객을 더 불러들여야 할 거야."

그리고 그러기 위한 활동을 프로모션이라고 부르는 거야──하고 나는 말했다.

"오오오……!"

단순하게도 고작 이 정도의 이야기만으로 르노와의 눈은 반짝였다. 너무나도 순수해서 눈부시다.

그리고 동시에 선망의 눈빛이 기분 좋아서 나는 조금 신이 났다.

"이 숙소를 더 유명하게 만들고 싶은 거라면, 내가 좀 도와줄까?"

어차피 당분간은 숙소에서 계속 머물 예정이니, 심심풀이로 사진을 찍는 것 이외의 일에 손을 대는 것도 재미있을지도. 그 김에 좋은 사진이 몇 장 찍히거나 하면 최고고.

"뭐, 두고 봐. 내 손에 걸리면 이 숙소 평판이 퍼지는 건 순식간일 테니까."

"순식간이라고요? 대단해!"

과장이 좀 심했나.

"순식간은커녕 한순간에 초유명 가게가 될지도."

"한순간에요? 대단해!"

진짜로 과장이 지나쳤는지도.

"뭐, 일단 지금보다는 나아지리라는 건 틀림없으려나."

고쳐 말했다.

"오오오오······! 하지만, 그렇게까지 해주셔도 괜찮은 건가요?"

"딱히 상관없어."

확실하게 사진가의 실력을 보여줄 때이기도 하고, 이런 좋은 곳을 알고 있다고 지금 당장이라도 자랑하고 싶었을 정도이기도 하고.

그 정도는 하지 않으면 이 숙소에서 실컷 좋을 대로 지내온 지금까지의 날들과 계산이 맞지 않을 테고.

게다가.

"덕분에 좋은 사진을 찍을 수 있었으니까."

찰칵하고 셔터를 눌렀다.

그리고 내 손으로 사진이 한 장 떨어져 내려왔다.

거기에는 기뻐하며 자연스러운 미소를 꽃피우는 르노와의 모습이.

내가 했지만 꽤 괜찮은 사진을 찍었다.

○

르노와 본인은 부끄러워하며 싫어했지만, 좋은 사진은 써야만 빛나는 법이다.

곧바로 나는 지난 며칠 동안 찍은 여러 사진을 들고서 가장 가까이 있는 나라에 들렀다. 검은 용은 나라에 너무 가까이 다가가면 혼란이 일어날지도 모르기 때문에, 근처 숲에 몸을 숨기고 있게 했다.

"어때? 이 사진의 용이 이 근처에 와 있는데. 궁금하지 않아? 궁금하지? 궁금하다고 해."

솔직하게 말하자면 반응은 반반 정도였다.

"무슨 그런 멍청한 소리를." "용 같은 게 있을 리 없잖아." "그래서, 이 가짜 사진은 어떻게 만든 거야?" "미안하지만 이런 사진을 믿을 만큼 꿈 많은 인간이 아니거든요."

내가 사진을 보여준 순간 코웃음을 치는 사람이 반.

나머지 반은 꿈 많은 인간이었다.

"이거 진짜야? 엄청난걸……." "숲에 가면 만날 수 있어? 나 가고 싶어!" "숙소가 되는 용이라…… 좋은걸."

그 사람들은 눈을 빛내며 내게서 사진을 받아 들고, 나라를 떠났다.

"당신들, 그거 알아? 해양 생물은 몸집이 큰 생물일수록 미생물이나 작은 물고기 같은 작은 걸 먹는 경향이 있거든? 즉, 이 용도 마찬가지로 작은 걸 먹을 게 틀림없어! 아마도 이 용은 풀을 먹을 거야! 그렇고말고! 나 알거든. 왜냐면 박식하니까."

그리고 아가씨 같은 여자아이도 달라붙었다.

이상한 아이였다. 뭐, 아무래도 상관없지만.

"오오…… 역시 아가씨. 박식해……." "해양 생물까지 해박하다니 두 손 들었어……." "이번 만큼은 정말로 박식하다고 말하지 않을 수 없겠네요." "상식 아냐?" "네 상식이 아가씨의 상식이라고 생각하지 마." "상식을 의심해."

그리고 아가씨의 추종자 여럿도 이상한 녀석들이었다.

뭐, 오는 건 누구든 상관없지만.

아무튼 그렇게 특이한 사람들이 어느 나라에서 모여, 이동식 숙소 르노와로 갔다.

"뭐 대충 이런 거지."

순식간에 3층까지의 모든 객실이 꽉 찼다.

숙소를 방문한 그들의 반응은 말할 것까지도 없으리라.

용의 등 위에서 보내는 날들에 경악하고, 감동하고, 나오는 음식에 미소 짓고, 그리고 자유로운 날들을 마음껏 즐겼다.

너무나도 아름다워서 우는 자도 있었다.

"우으으으…… 숙소가 만실이 되다니…… 저, 저, 기쁩니다……!"

물론 그건 숙소 주인도 예외는 아니었지만.

아무튼 존재만 널리 알려지고 나면, 이동식 숙소 르노와에 사람을 모으는 것은 쉬운 일이었다. 나는 르노와의 용에 이동해 갈 곳을 지시하면서, 손님을 바꿔가며 다양한 나라에서 이동식 숙소 르노와를 홍보하고 다녔다.

"이동식, 숙소……. 이런 게 있는 건가요?"

거지 같은 나라였던 곳, 으로 널리 알려진 어느 나라를 방문했을 때는 안경을 낀 여성이 사진에 흥미를 보여주었다.

"조금 더 일찍 와줬다면, 신혼여행을 이 숙소로 갔을지도 모르겠네요."

유감이라고 웃으면서도 그녀는 숙소 홍보를 도와주었다. 흥미 본위로 결혼 상대는 누구인지 물었더니 그녀는 왕궁을 가리키며 키득 웃었다.

다다음 달에는 식이 성대하게 열린다고 한다. 나의 다다음 달 예정이 정해진 순간이었다.

그녀가 국가 전속 마녀였다는 사실을 알게 된 것은 훗날의 일이었다.

"오호…… 이건 제법…….."

한편 그녀와는 다른 나라의 전속 마녀님은 현재 결혼 예정은 없다고 한다.

두 명째인 국가 전속 마녀와 마주친 것은 내가 달빛의 이힐리어스에서 사진을 나눠주고 있던 때였다. 물빛의 쇼트커트 머리모양의 그녀는 "이거 재밌겠는걸" 하고 간단히 낚여 숙소에 올라탔다.

국가 전속 마녀인데 나라를 방치해둬도 괜찮은 거냐고, 내 안에서 한참 전에 뒈졌을 터인 모럴이 벌떡 일어나 의문을 품었다. 그리고 그 결과 그녀에게 그대로 묻기에 이르렀지만, 호반의 마녀 카롤리네는 "흥" 하고 코웃음을 치면서 르노와가 방금 끓여준 홍차에 입을 가져다 댔다.

"쉬고 오는 게 어떻겠냐고 국왕님께서 말씀하셨거든. 그러니까 지금은 휴가 중인 거야. ……덕분에 조금 허전해."

그리고서 찻잔을 받침에 내려놓으며, 한숨인지 탄식인지 잘 모를 숨을 내쉬었다.

타고나길 일밖에 모르는 사람은 온종일 일하지 않으면 직성이 풀리지 않는다고 한다.

"과연, 그런가요."

할 일이 없어 무료하게 지내다가, 이동식 숙소에서 보낸 날들이 지루했다느니 하고 근거도 없는 악평을 온 나라에 퍼뜨리기라도 하면 성가시다.

"……그렇게 일이 하고 싶다면, 조금 재미있는 이야기가 있는데요."

나는 카메라를 들면서 그녀에게 이야기했다.

"……호오오? 이야기를 자세히 들려주실까."

그리고 그녀는 찻잔을 내려놓고, 맞은편 자리에서 나를 재촉했다——.

찰칵, 하고 셔터를 누르는 소리가 울렸다.

"——으아아아아아!"

손님이 빈번하게 드나들게 되고부터 르노와는 정신없이 바쁜 날들을 보내고 있다. 요리를 하고, 방으로 나르고, 라운지에서 느긋하게 보내는 손님에게 커피를 끓여주고, 그런가 하면 체크아웃한 방을 청소하고, 새 손님을 맞을 준비를 한다.

여기저기 바쁘게 뛰어다니는 르노와는 내가 카메라를 들이대고 있다는 것은 전혀 알아차리지 못했다. 자연스러운 표정 마음 껏 찍기, 최고.

"……좋은 표정이잖아."

손님과 마주하고 있을 때 보여주는 꽃 같은 미소. 손님을 위해 방 준비를 할 때의 진지한 표정. 음식 맛을 보고 있을 때의 행복해 보이는 얼굴.

일 사이에 양손으로 컵을 들고서 한숨 돌릴 때의 긴장이 풀린 얼굴.

어떤 얼굴이든 그림이 되었다.

그녀는 어떤 때나 기뻐 보였다.

카메라 너머로 그녀를 바라보며 생각한다. 나였다면 그녀와 같은 처지가 되었을 때 그녀처럼 긍정적으로 살아갈 수 있을까. 분명 무리이리라.

나뿐만이 아니라, 다른 많은 사람에게도 마찬가지다.

그렇기에 그런 그녀가 운영하는 이 숙소에 사람들은 끌리는 것인지도 모른다.

"고마워! 아주 멋진 숙소였어." "이런 멋진 경험은 처음이야!" "꿈같은 날들이었어."

이 숙소를 떠나는 사람들은 입을 모아 르노와에게 감사의 말을 전했다.

그때마다 그녀는 울음이 터질 듯이 기뻐하는 얼굴로 고개 숙여 인사했다.

"다시 방문해주시길, 기다리고 있겠습니다!"

이렇게 나는 몇 번이고 르노와의 만남과 이별을 지켜봐 왔다.

카메라에 담긴 사진은 전부 멋진 것들뿐이었다.

"카에나 씨, 고맙습니다."

석양에 감싸인 마을로 사라지는 손님의 뒷모습을 눈부시다는 듯이 바라보면서 르노와는 말했다.

"카에나 씨와 만나지 못했다면, 어쩌면 제 가게는, 이런 아름다운 광경을 보지 못했을지도 몰라요."

저는 행복한 사람이에요── 기쁘게 웃는 그녀가 거기에 있었다.

그래서 나도 그녀와 같은 풍경을 바라보면서, 카메라를 들었다.

"그건 내가 할 말인데."

나 혼자였다면 이렇게 많은 사람들의 미소를 촬영하는 것은 불가능했으리라. 나는 타인에게 미움만 받던 인간이었으니까.

그런 나라도, 좋은 일에 한몫 정도는 할 수 있다고, 그녀는 가르쳐주었던 것이다.

정말로 감사해야 하는 것은 내 쪽이다.

그런 날들 중에.

우연히도 손님이 제로가 되어, 우리 둘뿐인 타이밍이 있었다. 갑자기 한가해진 우리는 라운지에서 마주 앉아 홍차를 마셨다.

그러던 중에 문득 나는 궁금해져서 르노와에게 하나 물었다.

"이 일, 언제까지 계속할 셈이야?"

애초에 돈을 받지 않는 그녀의 숙소를 일이라 정의해도 좋을지 조금 망설여지는 부분도 있지만, 나는 아무튼 그렇게 물었다.

그녀는 "으음" 하고 잠시 생각하고서, 역시 웃으며 이렇게 답했다.

"질릴 때까지, 일까요?"

"그렇구나."

그녀가 숙소의 운영에── 사람과 얼굴을 마주하는 일에 질리는 날이 과연 올까? 나에게 그녀의 답은 수명이 다할 때까지 영원히 계속하겠다고 말하는 것처럼 들렸다.

"솔직히, 지금은 특별히 그만둔 후의 일은 생각하고 있지 않아요."

르노와는 말했다.

"지금은 눈앞의 손님들에게 더 많은 행복을 드리는 게 우선이니까요."

"……하지만 손님도 좋은 사람만 있는 건 아니야. 거짓말만 하는 변변찮은 인간도 있고, 남을 공격하기만 하는 놈들도 있어."

"그런 사람들도 제 숙소에서 함께 쉴 수 있게 된다면 멋지겠네요."

"……세상 사람들이 모두 너 같은 사람뿐이라면 좋을 텐데."

"?"

"아니, 아무것도 아냐."

잠깐 고향을 떠올렸을 뿐이야──하고 나오려던 말을 나는 따뜻한 홍차와 함께 삼켰다.

그리고서 얼마 후, 이동식 숙소 르노와는 평원과 나라를 경유

하면서도 세 번 정도 멈추어 섰고, 총 세 명의 손님을 태우기에 이르렀다.

그 모두가 특이한 손님이었기에 내 기억에도 선명하게 남아 있다.

"이쪽이 소문으로만 듣던 이동식 숙소 르노와입니까."

우선 첫 번째 사람은 청자색 머리카락의 여행자였다. 외모는 20대 중반 정도. 여행자다운 활동하기 편한 옷을 입었고, 총검을 등에 메고 있었다.

자신의 이름은 할베리라고 밝힌 그녀는 체크인 할 때 자신은 특별한 신체라 음식이 필요하지 않다고 르노와에게 선언했다. 나는 새로운 성가신 녀석이 왔구나 느끼면서 셔터를 눌렀다.

그로부터 며칠 후에 온 두 번째 손님은 자신을 '마트리시카'라고 귀엽게 소개했다.

"심퍼시……!"

산호색 머리카락을 가진 그녀의 키는 아마도 르노와와 비슷한 정도. 겉모습으로 보기에는 나이도 비슷한 정도. 그러한 외모적 특징에서 느끼는 점이 있었던 것이리라. 숙소에 들어오자마자 머리카락 한 다발을 쫑긋 세우면서 "처음 만난 것 같지가 않아요!" 하고 르노와의 양손을 잡고서 꺄꺄 소란을 피웠다. 행복해지는 게 너무 빠르다.

그리고 만만치 않아 보이는 손님이 둘 연달아 방문한 뒤에, 르노와의 용이 걸음을 멈춘 것은 평원 한가운데.

그날 세 번째 손님이 이동식 숙소를 방문했다.

"어서 오세요!"

웃는 얼굴로 맞이하는 르노와 앞에 나타난 것은 한 여성이었다.

머리카락은 금색. 굵게 웨이브 진 울프 컷 머리는 가슴 아래까지 자라 있었다.

복장은 검은 망토, 그 아래에 검은 조끼와 흰 블라우스. 검은 롱스커트를 입고 있었다. 여행자로서 몸을 지킬 기술은 있는지, 허리에는 총과 단검이 하나씩 갖춰져 있었다.

"…………."

마치 인생을 포기한 듯한, 지루한 듯한, 어두운 표정. 이동식 숙소에 들어와서 그런 표정을 지은 사람은 그녀 한 명뿐이었다.

"……손님, 무슨 일 있으신가요?"

몸 상태라도 안 좋은 건가요? 하고 마음을 쓰는 르노와에게 여성은 천천히 고개를 가로저었다.

"……아니, 조금 지쳤을 뿐이야. 미안해."

답한 여성은 그제야 겨우 이쪽으로 시선을 주었다.

푸른 오른쪽 눈. 왼쪽 눈은 다쳤는지, 비스듬하게 붕대가 감겨 있었다.

그리고 그녀는 겨우 르노와를 마주 보며 말을 나누었다.

프레데리카.

그것이 그녀의 이름이라고 한다.

프레데리카

돈을 내려 했는데 숙소 주인이라는 작은 아이에게 거절당하고 말았다. 아무래도 이 숙소는 돈을 받지 않는 듯했다.

돈을 받지 않고 어떻게 운영하고 있는 것일까. 그보다 작은 어린아이가 숙소를 꾸려나가다니 어떻게 된 거지?

부모는 대체 무얼 하고 있는 거야······?

그러나 뭐가 어찌 되었든 그녀의 숙소에 구조된 것은 사실이었다. 주워주지 않았다면 지금쯤 말라 죽었을지도 모른다.

"그런데, 평원 한가운데에서 뭐 하고 있었던 거야? 혹시 도보로 여행하고 있다든가?"

고개를 들고 숙소 주인 여자아이에게 감사의 말을 하려던 때, 옆에서 카메라를 들고 있던 검은 머리카락의 여자에게 질문을 받았다.

"······평소엔 말을 타고 여행하고 있어."

거의 반사적으로 왼쪽을 바라보며 나는 답했다.

"그 말은 어디에?"

"글쎄······?"

나는 한숨을 내쉬면서 답했다.

"지금쯤 느긋하게 야생으로 돌아가지 않았을까······."

"과연, 놓친 건가."

여자는 카메라를 넣으면서 내게 동조하듯이 한숨을 내쉬었다.

"그거 운이 좋았네."

들어보니 그녀는 촬영을 취미로 하고 있고, 이 숙소에는 형편에 따라 방문했고, 그리고 형편 그대로 숙소 주인의 활동을 지원하고 있다고 한다. 요컨대 생판 남이다.

그리고서 숙소 주인인 소녀는 내게 간단하게 숙소 설명을 해주었다.

말하길 이 이동식 숙소 르노와는 손님을 어디든 데려다주는 이동 거점이라고 한다. 바라면 어디로든 데려다주고, 그 사이엔 계속 묵게 해준다. 당연히 식사도 제공해준다고 한다. 너무나도 좋은 이야기에 나는 사기와 자신의 정신을 의심했지만, 아무래도 그녀의 이야기는 분명한 사실인 것 같았다.

"아니 그것참, 이런 멋진 숙소가 있다니 오래 살고 볼 일이네요. 마트리시카 깜짝 놀랐어요."

"훗, 그렇군요."

숙소 라운지에는 선객으로 보이는 인물이 둘. 숙소 주인과 비슷한 연령대에 산호색 머리카락을 가진 소녀와 청자색 머리카락의 여성. 두 사람은 창밖의 풍경에 넋을 잃으면서 숙소의 훌륭함을 이야기하고 있었다. 선객이 있다면 적어도 신종 사기 수법이라고는 생각하기 어려웠다. 이 두 사람까지 한패가 되어 나를 속이려 하고 있는 거라면 대단한 일이겠지만.

"뭔가 질문은 없으신가요?"

대강 설명이 끝나자 숙소 주인인 르노와가 고개를 갸웃거렸다.

"……아니, 딱히 없어."

내가 고개를 가로젓자, 숙소 주인인 르노와는 "다행이다"라며 가슴을 쓸어내리고 열쇠를 건넸다. 가장 전망이 좋은 곳── 3층에 내 방을 준비해준 모양이었다.

"마음 편히 쉬세요."

계단으로 향하는 내게 깊게 고개를 숙이며 배웅하는 숙소 주인 르노와. 여전히 반신반의하고 있기는 했지만, 일단 나는 안내받은 대로 방으로 향했다.

의심 깊은 것이 여행자라는 것이다.

남의 거짓말에 민감하지 않으면, 살아갈 수 없으니까.

"…………."

애초에, 지금 나한테서 빼앗을 수 있는 건 아무것도 없지만.

나한테는 아무것도 없으니까.

그렇게 자기 자신을 비웃으면서 나는 계단을 올라간 끝에, 열쇠를 꽂아 방문을 열었다.

"……예쁘다."

그 앞에 펼쳐진 광경은, 맥이 풀릴 만큼 아름다웠다.

이 숙소의 주인인 르노와는 좌우간 세심한 여자아이인 듯했다.

방의 테라스석에 앉아서, 흘러가는 평원에 시선을 보내면서 멍하니 있으려니, 어디선가 그녀가 나타나 "음료는 어떠신가요?"라며 미소 지었다.

아니, 여기, 내가 빌린 방 안인데……. 테라스석이라고 해도 프라이버시라는 건 없는 거야? 아니, 그보다 어느 틈에?

이것저것 하고 싶은 말이 가슴 안쪽에서 치솟았고, 아슬아슬하게 참아냈다. 그리고 이때 나는 자신이 조금 목마르다는 사실을 깨달았다. 그러고 보니 평원을 방랑하는 동안 거의 아무것도 마시지 않았다.

"저기…… 그럼, 차가운 물을 줘."

"알았습니다!"

마치 내 시중을 드는 것이 자신의 기쁨이기라도 한 양 기뻐하며 인사를 하고 그녀는 내 앞에서 물러났다.

혼자가 되었다.

그래서 나는 테라스석에서 흘러가는 평온한 녹색의 풍경에 시선을 보내──.

"오래 기다리셨습니다! 물입니다."

빠르다.

돌아오는 게 빨라.

"자, 여기요 여기요."

"아, 응……."

당황하면서도 받아 들어 목으로 넘겼다. 순식간에 잔은 비어버렸다. 한 잔 더 마시고 싶다고 생각했을 때는 이미 르노와가 두 잔째를 따르고 있었다. 눈치가 너무 빠르다.

너무나도 헌신적인 태도에 어쩐지 내가 특별한 손님이라도 된 것만 같았다. 마음 편한 공간 덕분에, 내가 이렇게나 정중한 대우를 받아 마땅한 인간이라고 착각하게 될 것만 같았다.

그저 주워졌을 뿐이건만.

"달리 뭔가 필요하신 게 있나요?"

미소 짓는 숙소 주인 르노와.

"뭐든 제게 분부해주세요! 손님의 요구에 답하는 것이 저의 신념이니까요!"

에헤헤 하고 미소 짓는 그녀.

그러나 그 시선은 아주 짧은 한순간 내 왼쪽── 붕대로 향했다.

분명 민감한 부분이니까 함부로 건드리지 않도록 배려해주고 있는 것이리라. 하지만 그 시선에, 내가 이런 훌륭한 아이에게 대접받을 만한 사람이 아니라는 것을 떠올렸다.

내 왼쪽 눈은 죄의 증거다.

한 인간의 인생을 바꾸어버린 죄를 갚기 위한 것이다.

남의 기분에 둔감했던 때의 나의 실패를 갚기 위한 것이다.

"……필요한 건 없어."

나는 고개를 가로저었다.

"아, 그런가요. 그럼 가고 싶은 곳은 있으신가요? 괜찮다면──."

"아니. 괜찮아."

다시 한번 고개를 저었다.

"굳이 원하는 걸 말하자면──나는 다른 사람과 어울리는 걸 잘 못해. 그러니까, 괜찮다면 잠시 혼자 있게 해주면 기쁠지도 모르겠어."

모처럼 방까지 찾아와주었는데, 미안해.

내가 말하자 그녀는 "아뇨 아뇨 별말씀을요!"라며 고개를 숙였다.

"그럼, 무슨 일이 있으면 불러주세요! 아, 그리고 식사는 어떻게 하시겠어요? 혼자가 좋다고 하시니…… 아, 방 앞에 두도록 할게요!"

정말로 지나칠 정도로 세심하다.

숙소 주인인 르노와는 주전자를 테이블 위에 내려두더니, 재빨리 방에서 물러났다.

"그럼 편히 쉬세요."

입실했을 때와 같은 말과 함께, 그녀는 방문을 닫았다.

방을 나갈 때의 그녀의 얼굴은, 어딘가 쓸쓸해 보였다.

저릿하고 죄악감이 가슴을 찔렀다.

"……미안해."

남의 감정에 둔감해서 상처를 입히고 만다면, 애초에 남에게 다가가지 않으면 된다. 그래서 최선을 다해 다른 사람에게 다가가지 않는다.

이것은 내가 나 자신에게 내린 벌이다.

아무도 상처 입히지 않기 위해, 나는 분명 아무도 없는 곳으로 가야만 할 것이다. 아무와도 만나는 일 없이 혼자서 살아가는 것이 가장 좋을 것이다.

결국 그리 생각하면서도 정처 없이 이리저리 여행을 계속하고 있다. 살아서 상처 입을 각오도 없고, 미련 없이 죽을 용기도 없다. 나는 그런 내가 싫다.

"……어디로 가는 걸까."

녹색 초원이 펼쳐져 있다. 그 너머에는 짙은 녹색에 뒤덮인 산들. 쾌청한 푸른 하늘에는 구름 한 점 없었다.

이 어디도 아닌 곳에서 이동식 숙소는 어디로 가는 것일까. 어디로 향하는지도 모른 채, 나는 대체 언제까지 여행을 계속할까.

비어버린 잔을 테이블에 내려놓았다. 잔을 채워줄 그녀는 이제 없다.

"······아."

그녀에게 감사 인사를 하지 않았다는 것을 이제 와 깨달았다. 여기에 묵게 해준 것도, 물을 따라준 것도, 정말로 기뻤는데. 결국 언제나 지나고 나서 후회할 뿐이다.

○

멍하니 바라보고 있는 사이에 녹색과 파란색뿐이던 풍경은 조금씩 색을 바꾸어, 작은 강과 흙으로 덮인 길이 흐르기 시작했다. 마을이 가까워지고 있다.

테라스 난간에 손을 대고 몸을 내밀며 바라보았다. 길을 나아가는 마차에서 사람이 이쪽으로 손을 흔들고 있었다.

웃는 얼굴로 손을 마주 흔들어 주는 건 나로서는 불가능할 듯했다. 그래서 나는 시선을 돌리듯 빙글 몸을 돌렸다.

"야호!"

돌아선 곳에 한 여자가 서 있었다. 이동식 숙소의 지붕 위에 서서 카메라를 들고, 그녀는 손을 살랑살랑 흔들고 있었다.

그 손이 나를 향한 것인지 마차를 향한 것인지는 알 수 없었지만, 시선은 나를 내려다보고 있었다.

"우연이네. 또 만날 줄이야."

"············."

왠지 이 사람은 상대하기 껄끄럽다고 생각했다.

"그런 데 서서 뭐 하는 거야?"

"사진 촬영을 좀. 참고로 너도 렌즈에 담겼어. 사진, 볼래?"

"나한테는 프라이버시가 없는 거야?"

"이렇게 밖에 있으면서 프라이버시를 주장한들."

곤란한걸, 하고 말하면서 그녀는 내 방의 테라스까지 멋대로 내려왔다. 거침없이 발을 들이는 뻔뻔한 사람.

그녀는 카메라를 넣더니 내게 사진을 꺼내 보였다.

지루하다는 듯 테라스에서 풍경을 바라보는 한 여자의 뒷모습과 손을 흔드는 마차가 찍힌 한 장. 선언대로 그녀의 작품 일부에 내가 멋대로 담겨 있었다.

좋은 사진이지? 라기에 나는 팔지 말라며 고개를 저었다.

"원래부터 이건 가까워진 증거로 줄 셈이었고, 팔 마음은 털끝만큼도 없어."

재잘재잘 그녀는 말했다. 이름은 카에나라고 한다. 숙소 주인 르노와 앞에서 설명한 대로, 세상을 방랑하면서 눈에 비친 것을 사진에 담는 날들을 마음 내키는 대로 보내고 있는 것 같았다.

가까워졌다고 생각하지도 않고, 가까워질 생각도 없는데…….

"그래서, 네 이름은?"

"……프레데리카."

껄끄럽다.

"그래. 그런데, 프레데리카. 앉아도 될까?"

"이미 앉았잖아."

껄끄럽다.

"어라? 물밖에 부탁하지 않은 거야? 홍차 같은 걸 마시는 건 어때?"

"딱히 갈증만 해결하면 그걸로 충분해."

"그래. 뭐 됐어. 좀 마셔도 될까?"

"이미 따르고 있잖아."

껄끄럽다.

"그런데 그 눈, 어떻게 된 거야?"

정말로, 껄끄럽다.

"…………."

대부분의 사람은 내 눈을 가린 붕대를 보면 우선 시선을 돌리거나 억지로 웃으며 얼버무리려 한다. 묻는 것은 대부분 몇 번쯤 만나서 대화를 나누게 되고부터다.

딱히 그러한 대응을 해준다고 해서 기분이 좋은 것은 아니다. 그러나 내 안에서 "보통은 그렇게 한다"라는 상식이 어느샌가 자리 잡고 있었다.

초면인 상태에서 태연하게 질문하는 것은 드물다. 물을 따르는 김에 질문받은 것은 처음일지도 모른다.

"모럴이 없네."

"사진가니까."

"의미를 모르겠어."

내가 고개를 젓자 그녀는 멋대로 따른 물을 한 모금 마시고, 깊은 한숨을 내쉬며 말했다.

"아름다운 것도 외면받는 것도 가리지 않고 평등하게 취급하며 기록에 담는다. 그러기 위해선 때로 주변에 맞추는 것이 족쇄가 되기도 해. 그러니까 오래전에 모럴 같은 건 이미 버렸다는 거야."

과연.

"살기 힘들겠어."

"그래 보여? 나는 전혀 살기 힘들지 않은데."

"당신 주변 사람 말이야."

나는 한숨을 내쉬며 말했다.

"누군가가 제멋대로 폐를 끼친다는 건 주변 사람이 참아야만 하게 된다는 거잖아."

"아아, 그런 의미구나. 뭐, 주변 일은 딱히 어찌 됐든 상관없으려나."

모럴이 없으니까 말이야──하고 그녀는 혼자 웃었다. 주변에 대한 배려도 그때 함께 버렸나 보다.

시원스러운 표정으로 그녀는 이야기했다.

"하지만, 한 번뿐인 인생이라면, 이왕이면 즐겁게 사는 편이 좋다고 생각하지 않아? 그 주변 사람들도 폐를 끼치는 일은 있을 테고. 서로 마찬가지야."

"나는 그 누구에게도 폐를 끼치지 않고 살고 싶고, 그 누구도 내게 폐를 끼치지 않았으면 좋겠어."

"누구와도 만나고 싶지 않다고 말하는 것처럼 들리는데."

"그렇게 말하고 있는 거야."

"그러고 보니 르노와한테 목적지는 이미 부탁했어? 대체로 어

디로든 데려가 주는데."

"⋯⋯부탁 안 했어. 딱히 어디 가고 싶은 게 아니니까."

"뭔가 하고 싶은 건?"

"없어."

"그래서, 다시 돌아가서 눈의 상처, 그거 어떻게 된 거야?"

"⋯⋯⋯⋯."

"쓰고 있는 붕대의 낡은 정도로 보건대 어제오늘 생긴 상처가 아니지? 훨씬 더 전에 다친 후유증으로 보이지 않게 된 거 아냐?"

"⋯⋯잘도 관찰했네."

"사진가니까."

관찰력이 뛰어나다는 말이라도 하고 싶은 걸까.

사실은 이야기하고 싶지 않지만, 모럴이 없다고 자칭하는 그런 사람이고, 이야기하지 않는 한은 쭉 따라다닐 것만 같았다.

그녀가 노린 대로 움직이는 것은 아주 조금 마음에 들지 않았지만, 그걸로 혼자 있게 해준다면 이야기하는 편이 좋을지도 모른다.

"⋯⋯어릴 때 아버지가 그랬어."

그 이후, 왼쪽 눈동자는 완전히 보이지 않게 되고 말았다. 내게 쌍둥이 자매가 있다는 것은 감추고, 눈을 다친 경위만을 나는 간단히 이야기했다.

"⋯⋯그래."

나의 이야기가 한바탕 끝나자 그녀는 고개를 끄덕였다.

"⋯⋯그거 큰일이었겠네. 그래서, 그 이후에 나와서 방랑하고 있는 거야?"

"뭐, 그렇지."

"하지만 다친 채로 두는 건 불편하잖아? 괜찮다면 치료할 수 있을 만한 사람, 소개해줄게."

사진가라서 발은 제법 넓거든, 그 사람들이 날 좋아하는지 어떤지는 제쳐두고──하고 그녀는 뻐기듯이 말했다.

"아니, 됐어. 쓸데없는 짓 하지 마."

"쓸데없는 짓?"

"나, 딱히 낫고 싶다고, 생각하지 않으니까."

명확하게 거절했다.

이건 내 죄의 증거니까.

평생 짊어지고 가야 할 것이니까.

"…………."

침묵이 찾아왔다. 그녀의 얼굴은 보이지 않는다. 내 시선은 손끝으로 떨어져 있으니까. 그녀가 어떤 얼굴을 하고 있는지도 알지 못했다.

"흐음…… 그렇구나."

재미없다는 듯한 대꾸였다.

내 시선은 오른쪽으로 도망갔다.

"미안한데…… 이제 그만 나가줄래?"

할 말도 없고, 이 이상 파고드는 것도 싫었다. 파고들어 봤자 어차피 아무것도 남아 있지 않을 테니.

고향으로 돌아갔다 거절당한 이후로, 내게는 아무것도 남아 있지 않았다. 살 희망도 뭣도 다 잃은 나는 텅 비어버렸다.

분명, 앞으로도 쭉——.

"방해해서 미안했어."

아주 조금 화가 난 듯이 맞은편의 그녀가 자리에서 일어났다.

"뭐, 당신에 대한 건 아주 자~알 알았어."

아무리 모럴도 배려도 잃었다고 자칭한다 해도 거절당하면 질려버리나 보다.

어쩌면 카메라에 담을 가치도, 이 이상 정보 수집을 할 가치조차 없다고 판단했는지도 모른다. 그렇다고 한다면 정답이다.

스쳐 지나가는 그녀의 뒷모습을 바라본다.

그때 문득 그녀가 뒤를 돌아보았다.

"살기 힘들겠네."

그렇게 말한 그녀가 어떤 얼굴을 하고 있었는지, 나는 기억하지 못했다.

장수하는 소녀의 기록

"살기 위해서는 오락이 필요불가결합니다."

그녀는 말했습니다.

"오락이요?"

맞은편 자리에서 어리둥절해하며 고개를 갸웃거리는 것은 저였습니다.

마트리시카 모르겠어 같은 표정을 짓고 있으면 그녀——할베리 씨는 "네 오락입니다" 하고 표정을 바꾸지 않고, 그러나 왠지 모르게 기뻐 보이는 모습으로 이야기하기 시작했습니다.

"인생에 오락이 더해지면 매일이 풍성해집니다. 하루가 끝날 때 내일을 맞이하는 게 즐거워집니다. 즉, 오락은 살아가기 위한 연료라고 할 수 있을 테지요."

"살아가기 위한 연료……."

곱씹고. 다시 말해 요컨대 즐거운 게 있으면 인생 해피라고 이야기하고 싶은가 봅니다. 깊이 있는 말을 한 것 같으면서도 그렇지도 않은 듯한 무어라 말하기 어려운 이야기로군요.

"그렇군요."

하지만 우후후후 하고 저는 어린 여자아이의 꿈 이야기를 들어주듯이 고개를 끄덕였습니다. 이것이야말로 연장자의 역할. 설마 내가 백 살 가까운 할머니라고는 꿈에도 생각하지 못할 테죠.

할베리 씨.

며칠 전부터 체재하고 있는 특이한 숙소에서 만난 그녀는 매우 괴짜인 이상한 아이였습니다.

청자색 머리카락에 녹색 눈동자, 쇼트 보브 머리모양. 무엇보다 특징적인 것은 그 몸입니다. 글쎄 그녀는 몸이 마법 인형으로 되어 있고, 그러면서 인간과 같은 의식을 갖고 있다고 합니다.

대체 어떠한 인과로 그렇게 되었는지는 확실하지 않지만, 본인이 말하길 "오락이 내 의식을 불러 깨웠습니다"라고 말했습니다. 그렇군요.

그리고 지금은 견문을 넓히기 위해 전 세계를 여행하는 중이라고 합니다.

생각해보면 그녀는 처음 만난 시점부터 상당히 괴짜 같은 모습을 발휘하고 있었죠——.

이미 제법 오래된 일처럼 느껴집니다만.

저와 그녀가 처음 만난 것은, 제가 숙소에 도착한 당일.

라운지에서 느긋하게 밖을 바라보고 있던 때의 일입니다.

그녀 쪽에서 먼저 말을 걸어왔습니다.

"이런 데 어린아이……라고……?"

놀란 듯한 목소리에 돌아보니 눈을 똥그랗게 뜬 할베리 씨의 모습이.

그녀는 곧바로 제 곁으로 달려오더니 그대로 양쪽 어깨를 잡고 휙휙 앞뒤로 흔들기 시작했습니다.

"너, 너! 아빠는? 엄마는 어쨌나요? 혹시 학대를 받고 있다든가? 이건 심각한 사태다……! 이름은? 출신지는? 곤란하다면 제가 도와드리겠습니다!"

"흐아아아아아아."

아니아니갑자기뭡니까그만두세요마트리시카난처한데다도움이되고싶다면우선은이흔드는것부터멈춰주세요……라고 말했습니다. 흐아흐아라고만 말한 것처럼 보일지도 모르겠지만요.

갑작스러운 일에 제 머리는 물리적으로도 심정적으로도 대혼돈이었습니다. 누가 좀 살려주세요!

"소, 손님? 왜 그러시나요?"

곧이어 도움의 손길이.

좁은 숙소 안에서 이 정도로 소란을 피우면 싫든 좋든 눈에 띌 테지요.

안쪽에서 작업을 하고 있던 숙소 주인인 르노와 씨가 허둥지둥 달려왔습니다. 사정을 설명하는 것도 불가능한 저는 살려주세요! 하고 시선을 보내려 했습니다만 여전히 흔들리는 중이라 흐아아아아.

"점주 나리! 어째서 이러한 어린아이를 혼자 묵게 한 것입니까!"

덤으로 할베리 씨는 르노와 씨를 그렇게 혼내는 지경이었습니다.

"저기…… 어린아이, 인가요?"

어리둥절해하는 르노와 씨.

제 실제 나이는 숙소에 들어왔을 때 이미 전해두었습니다.

르노와 씨는 매우 난처한 표정으로 할베리 씨를 바라보았습니다.

"그쪽 손님 말씀이라면, 나이는 백 살이신데요……."

"……뭐라고요?"

우뚝.

손이 멈추었습니다. 정밀한 움직임이었습니다.

그리고 끼기기기 하고 기름칠이 필요한 톱니바퀴처럼 그녀의 목이 이쪽으로 돌아왔습니다.

"이게, 백 살……?"

경악으로 휘둥그레진 눈.

요즘 들어 연상들에게만 둘러싸여 제 나이에 대해 그다지 놀라는 사람이 없는 날들을 보냈던 탓에 감각이 마비되어 있었습니다만, 제 외모로 백 살이라고 하는 것은 세상의 상식으로는 조금 특수한 존재인 것은 틀림이 없습니다.

이러한 반응이 돌아오는 쪽이 보통입니다.

그런고로 이때의 저에게는 갑자기 흔들려진 것에 대한 분노 같은 건 전혀 없었고, 제가 이 중에서 가장 연장자(아마도)라고 하는 것에 대한 긍지라고 할까 여유라고 할까 간단명료하게 말하자면 우월감 같은 것만이 가슴속에 퍼졌습니다.

"에헤헤, 그러네요. 대략 백 살 정도입니다."

더 놀라십시오!

저는 살짝 가슴을 폈습니다.

"대략 백 살……."

끓기 직전의 냄비처럼 덜컥덜컥 떠는 할베리 씨.

"그 외모로 백 살……? 내 안에 그러한 인간의 데이터 따위……, 이, 이상해…… 인간이란 대체……?"

한 걸음, 두 걸음, 제게서 떨어지는 할베리 씨.

그런 할베리 씨의 이변에 숙소 주인인 르노와 씨가 아장아장 걸어왔습니다.

"저기, 왜 그러시나요?"

척 보기에도 소녀와 같은 외모의 르노와 씨.

이때 제게 문득 의문이 생겼습니다.

"그나저나 점주님은 몇 살인가요?"

혹시 이 숙소에서 제가 가장 연장자인 게 아닐까요?

"그러니까…… 오백…… 육백……? 몇 살이었더라……?"

"아, 그만 됐습니다."

최연장자가 아니었나 봅니다. 저는 조용히 고개를 돌렸습니다.

"오, 오백……? 육백? 마, 말도 안 돼……! 그런……."

지금의 대화를 듣고 있었는지 할베리 씨는 더더욱 혼돈에 빠졌습니다. 눈이 뱅글뱅글 돌고 다리가 휘청휘청했습니다.

명백하게 상태가 안 좋아 보입니다.

그래서 저는 그녀에게 다가가, 살짝 까치발을 하고서 이마에 손을 대보았습니다.

"괜찮은가요──앗 뜨거워!"

겉과 속의 나이 오차에 혼란해하며 열이 나고 있어…….

그리고서 할베리 씨는.

"이, 인간을 모르겠어……."

그런 이상한 대사를 남기고 그 자리에 털썩 쓰러졌습니다.

마법 인형 씨는 어쩌면 자신의 이해를 뛰어넘는 일이 일어나면 사고가 정지되어 버리는지도 모르겠습니다.

아무튼 그러한 몹시도 이상한 첫 대면을 거쳐서, 우리는 마찬가지로 혼자 여행하는 동료로서, 오늘처럼 라운지에서 사이좋게 이야기를 나누는 사이가 되었던 것입니다.

"마트리시카 님에게 있어 살기 위한 연료는 무엇입니까?"

맞은편 자리의 할베리 씨는 물었습니다.

살기 위한 연료.

그런 질문을 받고 저는 으음 하고 신음했습니다.

"어려운 질문이네요. 무얼 위해 살고 있는가는 그때그때 달라지는 거라고 생각하는데요."

"그리 어렵게 생각할 것 없습니다. 요컨대 자기 자신의 목숨의 용도가 무엇인지를 답해주시면 됩니다."

"더 어려워진 것 같은데요?"

고개를 갸웃거리며 우후후 하고 웃는 제게 할베리 씨는 문고본을 한 손에 들고 눈을 반짝이며 이야기했습니다.

"참고로 저는 전에 이야기한 대로, 그리고 알고 계신 대로 오락이야말로 저의 인생입니다."

"그것참, 알고 계신 대로라고 말씀하신들 아직 만난 지 며칠밖에 안 되어서 할베리 씨의 내용물까지는 잘 모르겠는데요."

"그렇다면 보여드리지요. 자."

휙 하고 가슴께를 벌리는 할베리 씨.

"아니 물리적인 내용물 이야기가 아니거든요?"

그보다 사람 면전에서 옷을 벗지 말아 주시겠어요? 하고 저는 연장자답게 그녀의 젊은 혈기의 소치에 이놈 이놈 하고 주의를 드렸습니다.

"안 되는 겁니까……?"

주의받을 거라고는 생각도 하지 않았는지 할베리 씨의 눈썹이 추욱 내려갔습니다.

"안 돼요! 당신이 마법 인형이라고 해도 그런 조심성 없는 짓은 하면 안 돼요."

"제가 읽었던 책 속에는 그러한 행위가 안 된다고는 쓰여 있지 않았습니다만?"

"아마 해도 되는 일이라고도 쓰여 있지 않았을 거라고 생각하는데요."

"그리고 당신이라면 보여도 상관없다고 느꼈습니다만?"

"어?" 두근.

저는 순간 두근거렸습니다. 그런 말을 들으면 이제 아무 말도 할 수 없습니다.

너무 쉬운 자신에게 스스로도 깜짝 놀랐습니다.

"――틀렸어. 이쪽으로 넘어올 기색이 전혀 없어."

나와 할베리 씨의 느긋느긋한 대화가 적당히 흥이 올랐을 무렵에, 카에나 씨가 라운지로 내려왔습니다.

그녀는 제가 이곳에 오기 훨씬 전부터 이 숙소에서 머물고 있는 사진가.

처음 만난 건 제가 우연히 이 숙소를 발견하고 숙소에 들어왔을 때. 품에 넣어둔 사진을 꺼내보면, 그때의 추억이 방금 전의 일인 양 제 머릿속에서 흘러갑니다――.

"자, 그럼 이 숙소에 온 기념으로 한 장 찍어줄게. 뭔가 포즈를 잡아봐."

"어? 정말로요?"

잔뜩 풀어진 얼굴로 양손으로·브이를 하는 저. 그녀는 그런 제게 귀엽다 귀엽다 말하며 찰칵찰칵 사진을 찍었고, 그러다 보니 신상 이야기로도 꽃을 피웠습니다.

"호오. 백 살이야? 귀엽잖아."

"에헤헤헤."

우와 좋아.

아무튼 그런 느낌으로 마치 녹은 것처럼 풀어진 표정을 짓고 있던 제 사진이 그 후 완성되었던 것입니다.

이야기가 샛길로 샜습니다만 아무튼 숙소에 들어왔을 때 약간 신세를 졌던 그녀가 조금 침울한 표정으로 위층에서 내려왔던 것입니다.

깨닫고 보니 제 의식은 그쪽으로 향하고 있었습니다.

"──어떻게든 정보 수집이라도 할 수 있을까 싶어서 이것저것 말을 걸어봤는데 틀렸어. 완전히 마음을 닫았어. 사진 같은 걸 찍을 수 있는 상태가 아냐."

어깨를 움츠리는 카에나 씨.

"눈의 부상에 관한 건 뭔가 들었나요?"

고개를 갸웃거리며 르노와 씨는 걱정스레 카에나 씨를 올려다보았습니다.

"혹시 눈이 보이지 않아서 곤란하다면, 도와주고 싶어요."

"욕심쟁이네. 하지만 유감스럽게도 그 부분의 정보에 관해서도 헛수고였어. 애초에 그녀는 눈을 고치고 싶은 마음이 없대."

"눈을 고치고 싶지 않다니 무슨 말인가요? 불편하기만 할 거라고 생각하는데요……."

"글쎄? 눈을 고치는 것보다 중요한 일이라도 있는 거 아닐까?"

잘 모르겠지만──하고 될 대로 되라는 투로 카에나 씨는 어깨를 움츠렸습니다. 위에서 꽤 안 좋은 일이라도 있었던 걸까요.

"……저는 이 숙소에 온 손님이, 모두 행복해지길 바라요. 그녀도, 마찬가지로 그렇게 되면 기쁠 텐데요……."

"본인이 그걸 바라고 있지 않으면 그것도 어렵지."

"행복이 싫은 사람이 있나요?"

"3층에 있어."

거기까지 이야기하고서 카에나 씨는 크게 한숨을 내쉬었습니다.

"아무튼, 그녀는 지금까지의 손님과는 다르게 취급하는 편이 좋을 거야. 르노와도 이야기를 나누고 느낀 점은 있겠지?"

"그건…… 그렇지만……."

순간 우물우물하며 말문이 막히고 마는 르노와 씨. 마치 고집을 부리다 어른에게 혼나는 작은 어린아이 같습니다.

이야기의 내용으로 보건대 분명 3층에 있는 손님이라는 건, 조금 전 숙소를 방문한 참인 한쪽 눈에 붕대를 감은 여성을 말하는 것일 테죠.

한 번밖에 못 봤지만, 분명 어둡디어두운 얼굴을 하고 있던 것은 잘 기억하고 있습니다.

뭔가를 하는 것도 싫고, 앞으로도 계속 길고 긴 인생에 절망하고 있는 얼굴. 죽지도 살지도 못하고 그저 숨을 쉬고 있을 뿐인 얼굴.

저는 그 얼굴을 잘 알고 있습니다.

자신을 불로불사라고 여기며 누구와도 인연을 맺으려 하지 않았던 때의 제가 그랬습니다.

분명 저 여성은 자신이 지금 무얼 하면 좋을지, 무얼 하고 싶은

지도 모른 채 어찌할 바를 몰라 하고 있는 것입니다.

그런 때, 속내를 밝힐 수 있는 사람이 가까이에 있다면 무척 마음 든든하다는 것을 알고 있습니다. 자신만이 이상한 게 아니라는 걸 알면 어깨의 짐이 덜어진다는 것을 저는 바로 얼마 전에 알았습니다.

그녀가 모른다면, 누군가가 반드시 알려줘야만 하는 것입니다.

....

그 역할은, 과연 제가 맡을 수 있는 것일까요?

"할베리 씨."

저는 눈앞의 마법 인형 씨에게 물었습니다.

"할베리 씨는 눈앞에 곤란해하는 사람이 있으면 손을 내미나요?"

"? 질문의 의미를 모르겠습니다."

할베리 씨는 이상하다는 듯이 고개를 갸웃거렸습니다.

"곤란한 얼굴을 한 사람이 있으면 손을 내미는 것이 상식이지 않습니까? 적어도 제가 읽은 책에선 그랬습니다만."

"……역시 그렇죠."

할베리 씨와 이야기를 나누고서, 제 머릿속에 의문이 생겨났습니다.

살기 위한 연료란, 제 목숨의 용도란, 무엇일까요?

"……? 왜 그러십니까? 마트리시카 님. 상당히 진지한 표정을 짓고 계십니다만."

이상하다는 듯이 저를 바라보는 할베리 씨.

저는 고개를 젓고 일단 웃으며 대꾸했습니다.

“아니, 아무것도 아니에요.”

그리고 “용건이 좀 떠올라서 이만 실례할게요” 하고 자리를 떴습니다.

자신의 손을 바라봅니다.

이 손에 흐르는 피는 어떤 병도 바로 낫게 할 수 있을 터입니다.

“그리 어렵게 생각할 것도 아닌 거겠죠.”

목숨의 용도가 분명하다면, 사용하지 않으면 손해인 것이겠지요.

○

똑, 똑.

천천히 두 번 노크.

그것을 세 번 정도 반복했을 때, 드디어 붕대를 감은 그녀가 방문을 열어주었습니다.

“……뭐지?”

뚱하게 저를 내려다보는 차가운 시선.

눈은 입만큼이나 많은 것을 말한다고 합니다만, 그녀의 시선은 그야말로 “꺼져”라는 한 마디를 심플하면서도 열렬하게 제게 쏟아붓고 있었습니다.

“아, 저기…….”

저는 그녀 앞에 섰을 때 처음으로 하나의 중대한 실수를 범했다는 사실을 깨달았습니다.

노 플랜!

멋진 척하면서 "내가 구해야만 해!" 같은 분위기를 자아내며 여기까지 왔으나, 무슨 이야기를 해서 그녀를 타이르면 좋을지를 저는 무엇 하나도 생각하지 않았던 것입니다.

상상도 할 수 없을 만큼 바보로군요 저는.

"그, 저기……."

어쩌죠? 하고 머뭇거린 후에, 깊게 생각할 필요 있나 하고 사고하기를 내팽개치고 그녀를 향해 손을 내밀었습니다.

이런 대사와 함께.

"실은 저, 어떤 상처라도 바로 고칠 수 있는 슈퍼 마법사님입니다. 그 눈의 상처, 고쳐드릴까요?"

네.

처음 보는 사이에 이런 말을 하면 틀림없이 기분 나빠 하리라는 것을 깜빡하고 말았습니다.

"뭐?"

그리고 당연하게도 기분 나빠했습니다. "기분 나빠"라는 감정이 눈에서 마구 쏟아져 나왔습니다. 결과적으로 제가 쓸데없이 상처 입는 것으로 첫 대화는 끝났습니다. 울어도 괜찮을까요?

"미안하지만 종교 권유라면 됐어. 나, 그다지 전지전능한 존재 같은 건 믿지 않아."

"아니, 그런 느낌의 이야기가 아니라……."

답답하네요.

역시 이런 건 직접 보여드리는 게 제일입니다.

저는 그 자리에서 칼을 꺼내 자신의 손바닥을 슥, 그었습니다.

아픔과 함께 피가 천천히 배어 나왔습니다.

"어?" 당황한 목소리.

저는 그런 그녀의 오른쪽 눈앞에 손을 내밀었습니다.

"이것 보세요!"

그리고서 손을 몇 번이고 폈다가 그리고 접었습니다. 물방울처럼 한 줄기의 피가 주르륵 손바닥을 타고 흘러내렸습니다. 그러나 더는 아프지 않았습니다.

상처가 사라진 것입니다.

"그게, 대체 무슨⋯⋯."

마법은 쓰지 않았습니다. 제 몸이 어떠한 것인지, 그녀는 분명한쪽 눈으로 이해했을 겁니다. 다른 한쪽 눈을 낫게 할 힘이 있다는 것도, 분명.

그래서 저는 다시 말했습니다.

"그 눈의 상처, 치료하게 해주세요!"

하고 싶은 말이 정리되자, 말은 제 입에서 술술 흘러나왔습니다.

다른 사람과 수명이 달라서 누구와도 가까워질 수 없게 되었던 것. 한때는 마음을 닫았던 것. 몇 번이고 자살했던 것. 그래도 죽을 수 없어서 사는 것도 죽는 것도 선택하지 못하고 어찌할 바를 몰랐던 것.

여행 중에 자신의 속마음을 드러낼 상대가 있으면 기분이 편해진다는 것.

세상에 나쁜 사람만 있는 건 아니라는 것.

많은 이야기를 했습니다.

"분명 눈이 보이지 않아서 괴로운 경험을 하고 있는 거죠? 하지만 괜찮아요! 제가 고쳐줄게요! 눈이 보이게 되면, 분명 보이는 것도 달라질 거예요. 그러니까──."

그 눈을 고치게 해주세요!

저는 그녀의 눈에 호소했습니다.

"……그래."

제 마음은 그녀에게 닿은 것일까요?

그녀는 눈을 감고, 그리고서 깊은 숨을 내쉬고.

그리고 오른쪽 눈으로 저를 바라보면서 입을 열고 말했습니다.

"싫어."

한 마디!

뭔가 여러 가지로 복잡한 사정이라도 말해주리라고 생각했는데, 한 마디!

무엇 하나 그녀의 마음을 울리지 못했잖아요! 저 깜짝 놀랐다고요!

"타인에게 무슨 말을 듣든 나는 자신의 생각을 바꿀 마음은 없어."

"저기, 아니, 하지만──."

"아니면, 이렇게 하지 않으면 모르는 건가?"

철컥.

제 미간에 차가운 것이 닿았습니다. 히익 하고 소리를 지르며 올려다보니 얼음처럼 차가운 그녀의 얼굴.

그리고 검고 투박한 물건이 제 눈앞에 있다는 것을 깨달았습니다.

이건 대체 뭘까요?

와아, 권총.

저 총으로 위협받고 있어요.

"……저기, 방금 얘기, 들었나요? 마트리시카는 정말로 불로불사 같은 거라서, 총을 맞아도 죽는 일은──."

"하지만 아픔은 느끼잖아?"

저의 태평한 말을 자르며 그녀는 말했습니다.

"나쁜 짓을 하는 아이에게 처지를 알려주는 데는 아픔을 맛보여 주는 게 제일 효과적이지."

그녀는 웃었습니다.

이제 다 어찌 되든 상관없다고 말하면서.

그리고 제 미간에 가져다 댄 총을 쥔 손에, 힘을 실었습니다.

"아무도 나한테, 접근하지 말아줘──."

탕, 하는 작열음.

그리고 저는 총을 맞고 쓰러져──.

………….

어라라?

쓰러지지 않았네요.

"괜찮으십니까?"

차분한 목소리. 고개를 복도 끝으로 돌리자 거기에는 청자색 머리카락의 여성── 할베리 씨가 라이플총을 겨눈 자세로 서 있었습니다.

"······윽!"

한편 제 정면에 서 있던 그녀는 두세 걸음 물러나면서 손을 누르고 있었습니다. 피는 나지 않습니다. 쥐고 있던 총만 튕겨 날아간 모양입니다.

엄청난 정밀도로군요······!

"마트리시카 님. 다치신 곳은 없나 보군요."

할베리 씨는 제 옆까지 오더니 냉정한 얼굴로 저를 내려다보았습니다. 뭐, 총을 맞지 않고 넘어갔으니 확실히 다치진 않았습니다만.

"저기, 그런데 할베리 씨, 어째서 여기에?"

제가 묻자 할베리 씨는 다정한 얼굴로 말했습니다.

"조금 전, 마트리시카 님이 곤란한 얼굴을 하고 계셨던지라."

과연 그건 고마운—— 으응? 어라라?

"······그렇다면 조금 더 일찍 와줘도 됐잖아요?"

"아니, 제가 읽은 책에서는 구원은 늦게 나타나는 것이라고 쓰여 있었던지라."

프레데리카

난처한 사태가 되었다.

"당신은 분명 프레데리카 님, 이죠? 숙소에 들어왔을 때 그렇게 말한 걸 기억하고 있습니다."

방으로 도망쳐 들어온 나를 몰아붙이듯이 청자색 머리카락의 여자가 한 걸음 내디뎠다.

뒤에서 걱정스러운 시선을 보내는 소녀를 지키듯이.

"연약한 백 세 소녀에게 총을 겨누다니 대체 무슨 생각인 겁니까?"

아니, 나한테는 백 세 소녀라는 존재가 지켜야 할 연약한 존재로는 여겨지지 않는데…….

총은 튕겨 날아가 쓸 수 없다.

마법은—— 쓰지 않는다.

있는 건 단검 한 자루뿐.

총검을 든 상대와 대치하기에는 너무나도 불안하다.

이런 건 맨몸이나 다름없다.

"당신을 위험인물로 인정합니다. 자세한 사정은 구속한 후에 듣기로 하겠습니다."

그런데 작전을 생각할 틈도 내게는 주어지지 않았다. 청자색 머리카락의 여자는 단숨에 나와의 거리를 좁혔다.

응전하기 위해 나는 단검을 뽑아 그녀를 향해 내찔렀다. 아주 조금 아픈 경험을 하고 나면 물러나 줄지도 모른다. 무른 기대와 함께 날 끝은 그녀의 옆구리로 나아갔다.

이런 짓을 했다간 상대가 다칠 텐데. 생각하면서도 내 기세는 멈추지 않고 그대로 그녀의 옆구리를 찔렀다. 딱, 하는 소리가 울렸다.

딱?

"소용없습니다. 저한테 그런 공격은 의미 없습니다."

"……!"

의기양양한 얼굴로 그녀는 자신의 옷을 걷어 보였다.

인간의 피부와 같은 색을 띠고 있으면서 이음매가 있는 몸.

마법 인형이다.

"당신의 어떠한 공격도 저한테는 통하지 않습니다."

쿵.

둔탁한 소리가 울렸다. 마치 쇠구슬이라도 부딪힌 것 같은 묵직함과 통증이 옆구리에 내달렸다. 내 몸은 간단히 방 벽에 내동댕이쳐졌다.

"……윽, 젠장…….."

바닥에 쓰러져 천장을 올려다보며, 어울리지 않은 말이 흘러나왔다. 왼팔이 저리다. 손끝은 움직인다. 피는 나지 않았다. 부러지지도 않았다. 개머리판으로 맞았나 보다.

라이플에 달린 검에 베이지 않은 것만으로도 다행인지도 모른다.

단순한 신체 능력으로는 그녀에게 이길 수 있을 것 같지 않았다. 이 자리에서 용서를 구하고 도망칠 수 있다면 무엇보다 편할 테지만.

"자, 각오를."

연약한 백 세에게 무기를 들이댄 나에게 그런 선택지는 주어지지 않나 보다.

나를 내려다보는 눈동자는 냉철 그 자체였다.

"…………."

몸을 일으키고, 단검을 주워 들면서 숨을 내쉬었다.

하는 일 전부가 실패하고 있는 것만 같았다.

나는 그냥 내버려 둬주길 바랐을 뿐인데. 그래서 숙소 주인의 호의를 거부하고. 사진가에게 하고 싶지도 않은 빈정거리는 말을 하고. 작은 그녀에게 들이대고 싶지도 않은 총을 들이대며 위협했는데.

대체 어떻게 하면 나를 혼자 내버려 둬주는 걸까.

"부탁이야…… 나를 이제 그만 내버려 둬……!"

속마음을 밝히면 물러나 줄까.

"위험인물을 눈감아 줄 수는 없습니다."

냉담한 말이 돌아왔다.

차가운 총구가 내게 겨눠진다.

분명 나는 애초에 이 숙소에 와선 안 되었던 것이리라.

결국 언제나 지나고 나서 후회할 뿐──.

"아, 안 돼! 할베리 씨! 뭐 하는 거예요!"

정말 진짜! 하고 소리를 지르면서 나와 마법 인형 사이에 선 것은 조금 전의 자칭 불로불사. 이름은 분명 마트리시카. 백 살 정도의 연약한 소녀.

"저와 그녀는 어른의 대화를 나누던 중이었어요! 상처 입히고 싶었던 게 아니에요!"

나한테 등을 보인 채로 그녀는 목소리를 높였다.

"때리면 안 돼요. 총도 겨누지 말아주세요! 그녀가 상처 입은 게 안 보이는 건가요?"

"하지만 그녀는 당신에게 총을 들이댔습니다. 그대로였다면 죽었을지도 모릅니다."

"아, 저는 그 정도로는 죽지 않으니까 괜찮아요."

"아니 그런 문제가 아닌 것 같습니다만……."

"아무튼 괜찮다고요! 무기 좀 내려주세요!"

그리고서 그녀는 빙글 내 쪽으로 돌아서서 올려다본다. 강한 의지가 느껴지는 눈을 하고 있었다.

"당신도 솔직해지세요. 눈이 보이지 않아서 좋은 일 같은 게 있을 리 없잖아요."

"이 눈은 나의 과오를 잊지 않기 위해 남겨둔 거야. 그러니까 치료할 생각 같은 거, 없어."

"당신이 무얼 하고 그런 상처를 입었는지, 저는 모르지만——."

그녀는 내 옷을 두 손으로 잡고, 그리고 말했다.

"나쁜 짓을 했다면 반성하면 돼요. 죄를 지었다면 속죄해야 해요. 눈의 상처를 그대로 두는 것과 당신 자신의 죄는 본질적으로 다른 문제일 거예요."

"……읏, 당신이 뭘——!"

줄곧 머리에 피가 몰려 있었는지도 모른다.

나는 거칠게 소리를 지르고 있었다. 깜짝 놀랐다. 나도 이런 목소리가 나오는구나.

『손님?』

거기에 더해 한 가지 더 깜짝 놀란 것이 있었다.

숙소 주인인 르노와의 목소리가 갑자기 귀에 울리는가 싶더니,

그녀가 등 뒤에서 내 어깨에 손을 올려두고 있었다. 어느 틈에 방에 들어온 것일까?

의심스럽게 여기며 돌아보았을 때, 나는 그러고 보니 벽 쪽으로 몰아붙여져 있었다는 것을 떠올렸다. 오래된 나뭇결이 시야를 뒤덮었다.

"……어?"

당연하게도 숙소 주인인 르노와의 모습은 없었다. 그런데 어깨에는 손이 올려져 있다.

"……어라?"

연약한 백 살의 얼빠진 목소리가 울렸다.

"그, 그거 뭔가요……?"

그거.

나는 자신의 어깨에 올려진 손을 바라보았다.

마치 그림자 같은 새까만 손만이, 거기에 있었다.

이건, 뭐지?

『손님.』『손님.』『싸우는 건가요?』『손님.』『다투지 말아주세요.』『곤란해요 손님.』『우으으으.』『중재해야 해.』『화내면 안 돼요.』『내가 말려야만 해.』『후아아.』『아으아으.』

이변은 그때 시작되었다.

숙소 안의 바닥과 벽에서 무수한 검은 손이 뱀처럼 주르륵 나오더니, 우리를 향해서 뻗어왔다.

"……! 이건 대체 뭡니까?!"

가장 먼저 움직인 것은 마법 인형이었다. 쫓아오는 검은 손들을 주저 없이 총검으로 베어 가른다. 놀랄 만큼 민첩한 움직임으로 우리에게 달라붙는 검은 손을 제거했다.

아무래도 그녀는 나를 상대할 때 상당히 봐주고 있었던 모양이다.

"이 무수한 손…… 혹시 당신 짓입니까? 프레데리카 님!"

"아니, 나도 모르는데……."

베자마자 검은 손들은 다시 자라났다. 우리는 쫓기듯이 테라스로 도망쳤다.

"끄아앗!"

지팡이를 들고, 마트리시카라고 불렸던 그녀는 검은 손을 마법으로 태워나갔다.

그사이에도 주룩주룩 손이 우리를 향해서 뻗어왔다. 테라스라는 것도 개의치 않고, 사방팔방에서 덮쳐들었다. 그 손의 정체가 뭔지를 생각할 여유 같은 건 없었다.

"아아! 손님! 죄송합니다! 제 손이 멋대로!"

뒤늦게 나타난 것은 숙소 주인인 르노와였다. 당황한 모습으로 허둥지둥 방으로 뛰어 들어온 그녀는 검은 손 하나하나에 손을 뻗고, 잡고, 우리에게서 떼어놓듯 잡아당겼다.

"저기, 사실 제가 좀, 스트레스가 쌓이면 이런 게 튀어나오는 체질이라서요!"

그리고서 그녀는 잘 알 수 없는 변명을 했다.

어떤 체질?

"지금은 싸우고 있을 상황이 아니네요."

마법 인형과 나, 그리고 마트리시카 세 사람이 한데 모여서 검은 손에서 달아났다. 총검이 베어 가르고, 마법으로 태우고, 그리고 내 단검이, 매달리듯이 뻗어오는 손들을 계속해 제거했다.

"……끈질겨!"

베어도 베어도 쫓아온다. 멀리서 숙소 주인인 르노와가 "죄송해요!" 하고 비명 같은 소리를 지르는 것이 들려왔다. 모습은 보이지 않는다. 우리의 시야는 이미 검은 손으로 뒤덮여 가고 있으니까.

먼저 한계가 온 것은 우리 쪽이었다.

가장 먼저 쓰러진 것은 마법 인형.

"……어라? 두 사람 모두, 키가 줄었나요?"

내 머리 위에서 목소리가 들렸다. 돌아보니 마법 인형의 머리가 검은 손에 붙들려 있었다.

"끄아앗!"

마트리시카가 비명을 지르는 중에 마법 인형의 머리는 휙휙 검은 손에서 검은 손으로 옮겨갔다. 그리고서 손과 손 사이에서 캐치볼처럼 농락당했다.

"으아아아 이거 곤란하군요."

대단히 곤란하지도 않은 듯한 목소리를 내면서 그녀의 머리는 우리의 시야에서 사라졌다. 이윽고 머리를 잃은 몸은 덮쳐든 손들로 뒤덮였고, 검정 속으로 사라졌다.

가장 민첩하게 움직여 검은 손을 차단했던 그녀가 쓰러지자, 우리가 무너지는 것은 순식간이었다.

"으아, 어, 어쩌죠……?!"

어쩔 줄 몰라 하는 마트리시카. 마법 인형이 검은 손에 패배하자 알기 쉽게 동요한 그녀의 곁으로, 검은 손이 모여들었다.

"꺄악! 어딜 만지는 건가요! 음흉해!"

빙글빙글 발밑에서 마트리시카를 타고 올라가는 검은 손들.

"시집 못 가게 되잖아요! 그만두세──."

그것이 그녀의 마지막 말이었다.

그리하여 나 혼자, 남겨졌다.

분명 세 사람 중에서 가장 **손을 댈 필요 없는 상대**이기에, 뒤로 미뤄둔 것이리라. 얕보고 있다. 하지만 이상하게도 화가 나지는 않았다.

내가 약한 것은 사실이니까.

"하아, 이제 됐어."

나를 벽에 내던질 수 있는 마법 인형도, 불사신인 마법사도 적수가 되지 못했던 상대에게 내가 이길 수 있을 리 없다.

마법도 못 쓴다.

왼팔도 못 쓴다.

왼쪽 눈도 보이지 않는다.

손에 든 건 단검뿐.

이런 나로는, 어찌할 도리도 없다.

그래서 나는 포기하고 깊은 한숨을 내쉬면서 그 자리에 그저 가만히 서서, 우글대는 손들의 먹이가 되는 것을 기다렸다.

그리고 내 주변을 손이 둘러쌌다. 시야가 새까맣게 물들어 간다.

"프레데리카 님!"

목소리가 들렸다. 빛이 비쳐 든다.

고개를 들자 숙소 주인인 르노와가 내게 손을 뻗고 있었다.

"죄송합니다. 조금 시간이 걸렸습니다! 여기예요! 이리 오세요!"

필사적인 얼굴이었다. 나를 구하려 하고 있다.

내게 구해야 할 만한 가치가 있을까? 그녀의 손을 잡을 수 있을 정도의 인간일까? 이 숙소에 온 후로, 모든 사람을 거부해온 내게 손을 잡을 자격 같은 게 있을까?

나는 그녀의 손을 바라보면서, 아주 잠시, 생각했다.

"어서!"

숙소 주인인 르노와에게 재촉받아서, 거의 반사적으로 나는 손에 들고 있던 검을 버리고, 손을 뻗었다. 그러나 그녀에게 닿기 직전에 또 한 명의 내가 속삭였다.

이대로 계속 살면 어떻게 되는 거야?

아까까지 지쳤다며 포기하고 있던 주제에, 또 타인에게 계속 폐를 끼치는 거야? 차라리 이대로 죽는 편이 좋을까?

"프레데리카 님——."

고민하는 내게 그녀가 손을 뻗어주었다. 그러나 맞닿는 일은 없었다.

검은 손들이 그녀에게서 나를 떼어내고, 그대로 테라스석 밖으로—— 이동식 숙소 르노와 밖으로, 쫓아내 버렸으니까.

소리치는 그녀 다음에 보인 것은 푸른 하늘이었다.

손을 뻗어도 어디에도 닿지 않는다. 시선을 돌리면 멀어져가는 거대한 용의 모습. 시선을 내리면 녹색이 보인다.

이대로 바닥에 부딪혀도 분명 즉사는 아니리라. 온몸을 바닥에 부딪혀 여기저기 뼈는 부러질지도 모르지만, 분명 숨은 끊어지지 않는다.

결국 살지도 죽지도 못하고, 그저 온몸에 아픔을 안는 결말이 되었다. 어중간한 나다운 말로라고 말할 수 있을지도 모른다.

"언제나 지나고 나서 후회할 뿐이야……."

공중에서 한숨을 내쉬었다.

더 빨리 손을 뻗었더라면, 좋았을 텐데.

그리고 나는, 후회를 품은 채, 초원 위로, 떨어──.

"──에잇!"

꽈악, 오른팔을 잡혔다. 초원 위를 내 그림자가 달리고 있었다. 빗자루에 탄, 누군가의 그림자와 함께.

"아, 안 늦어서 다행이야……!"

고개를 들자, 태평한 얼굴을 한 마트리시카의 모습이 있었다.

칠칠치 못한 얼굴을 부드럽게 풀고서, 그녀는 "잠깐 이대로 떨어질게요!" 하고 웃었다. 이마에서는 한 줄기 피가 흘러내리고 있었다.

이윽고 이동식 숙소 르노와의 꼬리 끝을 향하듯이 빗자루를 달렸고, 그리고 지면 위를 미끄러져, 그대로 떨어졌다.

"으꺄악!"

그녀의 목소리가 머리 위에서 울렸다. 나는 키 작은 그녀에게 머리를 끌어안긴 채 초원 위를 구르고 있었다.

흘러가는 바람에 흔들리듯이 바스락바스락 시원한 소리가 귀에 울렸다. 통증은 없었다. 마음이 차분해지는 냄새가 났다. 얼마 후 기세가 죽고 멈추었을 때, 눈을 뜨자 푸른 하늘이 펼쳐져 있었다.

그리고 나를 들여다보는 마트리시카의 모습이 있었다.

"미안해요. 검은 것한테서 나올 때, 좀 다치는 바람에."

내 왼쪽 눈을 덮은 붕대 위로 피가 떨어졌다. 나를 덮치듯 감싸고 있는 그녀는, 다친 것치고는 아무렇지도 않은 듯한 얼굴을 하고서 웃고 있었다.

"괜찮은가요?"

"……그건 내가 할 대사인데."

"마트리시카는 이 정도라면 상처 하나 없는 거나 마찬가지예요."

"……아픔에 마비되어 있구나."

"곤란한 일이죠. 사실은 괴로운데 괴롭다고 생각하지 못하는 건, 슬픈 일이에요."

자신의 이야기를 하고 있는 것인지, 내게 이야기하고 있는 것인지.

모르겠다.

한숨이 새어 나왔다.

"……지쳤어."

오늘, 끈질기게 몇 번이고 사람들이 다가온 것도. 마법 인형과 싸운 것도. 검은 손들한테서 도망친 것도. 지금까지의 일도 전부.

지쳤다.

"프레데리카 씨."

그녀는 말한다.

"저는 백 년 살고 있는 연장자라서 알아요. 자신과 얽힌 인간이 전부 불행해졌다고 생각하고 있죠? 그래서 누구와도 얽히려 하지 않는 거죠?"

"…………."

"당신이 과거에 어떤 일을 해버렸는지는 몰라요. 당신 자신에게 어떤 비밀이 있는지도 몰라요. 하지만 저나 이 숙소의 주인 일행은 모두 지금의 당신과 친해지고 싶다고 생각하고 있어요. 괴로운 일도 슬픈 일도, 즐거운 일도 서로 나누는 게 사람이에요."

그녀의 말을 외면하듯 나는 시선을 돌렸다.

"이런 붕대를 하고 있으면, 소중한 지금의 풍경이 보이지 않게 되어버려요. 아깝잖아요."

그녀의 손끝이 붕대에 닿았다.

시선 끝에는 빗자루가 하나, 굴러다니고 있었다.

──프레데리카 씨.

그때 떠올린 것은, 고향에 돌아가기 위해 빗자루를 날려주었던 한 마녀였다. 잿빛 머리카락에, 나보다 조금 키가 작은 그녀는, 헤어질 때 말했었다.

──이제, 자신을 위해 살아도 괜찮아요.

그녀가 말했던 대로 딱 잘라 결론을 짓고 살아갈 수 있었다면 얼마나 편했을까.

"이제라도 아직 전혀 늦지 않았어요. 고쳐버릴까요?"

천천히 붕대가 풀려간다. 오래된 상처가 드러나는 것이 두려워

나의 손끝이 굳어졌다. 하지만 거부하지 못했다. 나는 지쳐 있었으니까.

스르륵, 부드러운 소리와 함께 내 왼쪽 눈을 덮고 있던 것이 치워진다.

오래전에 맞고, 그대로 치료하지 않고 내버려 둔 왼쪽 눈은 분명 눈 뜨고 볼 수 없을 만큼 흉한 꼴이 되어 있으리라.

그러나 그녀는 그런 나를 내려다보며 여전히 상냥하게 웃어 보이고, 그리고 피 묻은 손끝으로 천천히 쓰다듬었다.

"저는 당신에게도, 아름다운 세계를 보여주고 싶어요."

이윽고 나의 왼쪽 눈에서 따뜻한 것이 뺨을 타고 떨어졌다. 피가 흘러내린 것일까.

닦아야 한다고 생각해서 나는 고개를 들고 왼손으로 닦아보았지만, 아무리 닦아도 계속해서 따뜻한 것이 흘러 떨어졌다.

얼마 후 헛된 노력이라는 것을 깨달았다.

오른쪽 눈과 왼쪽 눈. 양쪽 눈으로 바라보는 광대한 풍경을 앞에 두고, 나는 어린아이처럼 크게 소리 내 울고 있었으니까.

○

얼마 후 이동식 숙소가 우리 곁으로 돌아왔다.

거대한 용이 엎드려 꼬리를 우리 앞으로 늘어뜨리자, 숙소 주인인 르노와가 달려 내려왔다.

"괘, 괜찮으세요? 프레데리카 님! 다친 덴 없으세요? 상태는?

살아 있나요?"

정말 너무 면목 없습니다! 하고 고개를 숙이는 그녀는 당장에라도 울음을 터뜨릴 것 같은 얼굴을 하면서 모든 전말을 이야기해주었다.

이 이동식 숙소 르노와는 검은 용이 본체이며, 숙소와 주인인 그녀는 그 일부라고 한다.

불만과 불안이 그녀 자신에게 쌓이면 조금 전처럼 의사를 가진 검은 팔이 나타나 불만을 없애려 한다고 한다.

"불만과 불안……."

이란 구체적으로 무엇인가.

"네에……. 조금 전 3층 방에서 총성을 들어버려서 불안한 마음이 가득해져서……. 그래서 출현해버렸나 봐요."

사실은 그보다도 전── 내가 그녀에게 몹시 차갑게 대했던 때부터, 불안한 마음이라는 것은 분명 시작되었을 테지만, 그녀는 그것을 입 밖으로 내지 않았다.

다정한 아이였다.

귀여운 아이였다.

양쪽 눈으로 보니 더더욱.

"어라……? 그 눈, 어떻게 된 건가요……?"

어리둥절해하며 고개를 갸웃거리는 그녀.

내 옆에서 마트리시카가 "자세한 사정은 나중에 이야기해요" 하고 웃고 있었다. 그 시선은 검은 용의 꼬리로 이어졌다. 르노와는 고개를 끄덕였다.

"아, 그러네요. 우선은 숙소로 돌아간 다음에 자세한 이야기를 나눌까요?"

그리고서 마트리시카가 먼저 꼬리에 생긴 길을 오르기 시작했다. 그녀의 등을 바라보고 있으려니, 르노와가 "자, 어서요" 하고 손으로 재촉했다.

나는 고개를 끄덕이고.

입을 열려다가 문뜩 떠올렸다.

아직 나는, 그녀에게 하지 않은 말이 있었다.

그래서 나는 그녀에게 손을 뻗고, 단 한 마디, 그녀에게 전했다.

짧고 깊게, 감사의 마음.

"고마워."

내 말에 그녀는 아주 조금 놀란 표정을 짓고서, 뻗은 손을 양손으로 다정하고 따뜻하게 감쌌다.

그리고 웃었다.

"다시 한번, 어서 오세요. 프레데리카 님."

이동식 숙소 르노와의 기억

"뭐어? 그딴 언니를 배려할 필요 같은 게 있어?"

프레데리카 님이 숙소로 돌아온 후, 그녀는 눈을 다친 이유를 우리에게 이야기해주었습니다.

인원수만큼의 홍차를 준비해서 저도 자리에 앉아 이야기를 들었습니다.

그것은 아주아주 슬프고, 괴로운 이야기.

듣고 있는 쪽도 눈물이 날 것만 같은 무서운 이야기였습니다.

그녀가 마음을 닫아버린 것도 무리가 아닌 이야기입니다. 그렇게나 처참한 경험을 하셨으니까요.

카에나 님은 단순하게 화를 내셨습니다만.

"나였다면 그런 망할 언니 그냥 날려버릴 텐데. 상냥하네. 프레데리카 씨는. ……아니, 루나리크 씨라고 부르는 편이 좋아?"

"아니, 지금의 나는 프레데리카야. 그렇게 불러줘."

"자신을 위한 인생을 사는 편이 좋지 않아? 언니의 죄까지 짊어질 필요 없다고 보는데."

"……옛날, 우연히 만난 여행자한테도 비슷한 말을 들었어── 지금까지는 그 결심이 서지 않았었지만."

"뭔가 하고 싶은 거라도 있어?"

"……구체적인 건, 아직."

붕대를 풀고, 숙소로 돌아온 그녀는 지금까지와는 전혀 다른 사람처럼 부드럽고 몹시 상냥한 얼굴을 하고 있었습니다.

"하지만, 사람과 관계된 일을 하고 싶어."

"그건 어떤 일이든 그렇잖아."

"그건 뭐, 그렇지만……."

키득 웃으면서 프레데리카 님은 홍차를 한 모금 마시고 "고마워. 이 홍차, 좋아" 하고 웃었습니다.

숙소에서 홍차를 마시는 것을 좋아한다고 그녀는 조금 특이한 취향을 들려주었습니다.

이것이 진짜 프레데리카 님의 표정일지도 모릅니다.

함께 있는 것만으로도 포근포근 가슴이 따뜻해지는 듯한, 그런 부드러운 분위기로 가득한 멋진 분이었습니다.

"……사정도 모르고 면목 없는 짓을 했습니다. ……죄송합니다. 프레데리카 님. 상처 상태는?"

할베리 님이 프레데리카 님의 왼팔을 살짝 만졌습니다.

"괜찮아. 고마워."

짧게 답하면서 고개를 젓는 프레데리카 님. 서로 바라보는 두 사람의 옆에서 마트리시카 님이 "후후훗" 하고 의기양양한 표정을 짓고 있었습니다.

"사실은 오늘 새롭게 발견한 건데, 마트리시카의 피는 타박상에도 유효한가 봐요."

"피가 유효……."

저는 고개를 갸웃거렸습니다. 무슨 말씀일까요?

그러자 마트리시카 님은 목표물을 정한 것처럼 저를 빤히 바라보고, "궁금한가요? 그렇겠죠. 그럼 가르쳐 드리죠!" 하고 자신의 이야기를 밝혀주었습니다.

말하길 그녀는 어떤 병이라도 바로 고칠 수 있는 특수한 피를 가지고 있다나요. 대체 어떤 이치인지는 모르지만, 특수 체질이라 아주아주 장수한다고도 합니다.

오호, 그렇군요 하고 제가 고개를 끄덕이자, 할베리 님이 조금 전 다시 고쳐 단 머리의 상태를 확인하듯이 고개를 좌우로 흔들었습니다. 마트리시카 씨는 그런 그녀에게 "그럼 다음은 할베리 씨가 본인 이야기를 해주세요” 하고 지명했습니다.

“어라? 어째서입니까?”

할베리 님은 어리둥절해했지만, 마트리시카 님은.

“역시 목이 떨어져도 아무렇지 않은 마법 인형 씨가 여행을 하고 있다니, 좀 궁금하잖아요. 그리고 보니 저, 할베리 씨의 과거를 자세히 들은 적이 없는 것 같아요.”

이 기회에 이야기해주세요.

하고 그녀는 제안했습니다. 부탁받으면 거절하지 못하는 성격인 것일까요? 할베리 님은.

“어쩔 수 없군요……”

하고 중얼거리면서도 자신의 과거를 이야기해주었습니다——.

그리고서 우리는 지금까지의 일을 서로 밝혔습니다.

이야기하면 이야기할수록 신기했습니다. 지금, 이 숙소에 모인 사람들은 모두가 바꿀 수 없는 특별한 과거를 갖고 있었고, 그리고 우연히 이 숙소에 들렀던 것입니다.

아무도 없는 텅 빈 숙소를 등에 지고서 평원을 걷기만 해서는 결코 만날 수 없었던 멋진 이야기들과 저는 만날 수 있었습니다.

기뻐서, 제 뺨은 어느샌가 풀어져 있었습니다.

그런 중에 찰칵하고 제 옆에서 소리가 울렸습니다.

“좋은 표정.”

고개를 돌리자 카메라를 든 카에나 님의 모습이.

생각해보면 그녀가 이 숙소에 우연히 들르지 않았다면, 이런 미래는 되지 않았을 것입니다.

아무리 감사해도 부족할 만큼 커다란 은혜가 그녀에게 있었습니다. 대체 어떻게 갚으면 좋을까요?

그렇게 서로 바라보는 중에 저는 문득 그녀가 이 숙소에 온 직후의 일을 떠올렸습니다.

저를 모델로 사진을 찍어주었던 그녀는 카메라를 들고서 몇 번이고 "자연스럽게!"라고 말씀하셨습니다.

이전엔 카메라 앞에 서면 긴장해서 굳어지고 말았습니다만──지금이라면 그녀가 원하는 것이 무엇인지, 알 것만 같았습니다.

그러니까 저는 감사의 마음을 담아서, 카메라를 향해 웃어 보였습니다.

"……!"

그러자 그녀는 조금 의외라는 표정을 짓고서, 다시 셔터를 눌렀습니다.

그렇게 완성된 사진을 그녀는 곧바로 확인했습니다. 그 눈은 진지 그 자체. 저는 그녀의 손을 들여다보며 물었습니다.

"어떤가요?"

제 시선을 눈치챈 그녀는 답했습니다.

"……아주 좋아. 정말로."

저도 카메라를 들고 있었으면 좋았을 텐데.

그런 생각이 들 만큼, 카에나 님은 멋진 표정을 짓고 있었습니다.

숙소는 만남과 이별의 반복.

우연히 모여, 우연히 의기투합한 카에나 님 일행도 예외는 아니었습니다. 그녀들은 본래 서로 다른 곳을 향해 여행하고 있고, 우연히 제 숙소에 묵고 있을 뿐이니까요.

그러나 함께 고난……이랄까 저의 검은 손에서 도망친 사이라서인지, 묘하게 친해진 그녀들은 얼마 지나지 않아 누구랄 것 없이 다 함께 기념 촬영을 하는 흐름이 되었습니다.

촬영 담당자로서 저도 급히 달려갔습니다. 함께 찍고 싶다는 마음을 참고서 저는 그녀들과 함께 숙소 밖으로 나갔습니다.

소박한 숙소인 3층 건물.

입구를 등지고서 그녀들이 나란히 섰습니다.

카에나 님은 거기에서 용의 꼬리가 있는 쪽으로 조금 떨어져 서더니, 받침대를 퐁 세우고 그 위에 큼직한 카메라를 설치했습니다.

언제나 그녀가 쓰고 있는 것이 아니라, 보석이 끼워진 신기한 새 카메라였습니다. 이번에 그녀는 카메라에 찍히는 쪽의 인간이기 때문에 평소처럼 마법을 쓸 수 없는 것일 테죠.

이건 촬영자로서 제가 분발해야겠군요.

"어떻게 쓰면 되나요?"

제가 묻자, 카에나 님은 친절하게 가르쳐주었습니다. 말하길 이 카메라는 마력을 담아둘 수가 있고, 카에나 님의 카메라와 마찬가지로 셔터를 누르면 그 자리에서 바로 종이에 찍는 것이 가능하다고 합니다.

호오오, 대단하네요 하고 저는 감탄하면서 고개를 끄덕였습니다.

"──그래서, 이 버튼을 누르고서 1분 기다리면 자동으로 찍히는 거야. 간단하지?"

당연히 할 수 있겠지? 라고 말하는 듯한 압박감을 느꼈습니다.

하지만 걱정할 필요 없습니다!

"괜찮습니다!"

맡겨주세요! 하고 저는 가슴을 폈습니다.

그리고서 카에나 님은 "자, 해보자" 하고 제 등에 살며시 손을 올렸습니다. 카메라가 바라보는 곳에서는 프레데리카 님, 마트리시카 님, 할베리 님이 대기하고 있었습니다.

저 사이에 섞이고 싶다는 기분을 억누르면서, 저는 카메라 앞에 자리를 잡았습니다.

"자, 카에나 님 어서요. 촬영은 제게 맡기고 저쪽으로 가주세요."

카에나 님이 그녀들과 합류하면 셔터를 누르기로 하죠.

저는 조금 무리해서 가슴을 폈습니다만, 카에나 님은 겸연쩍은 듯이 그런 제게서 고개를 돌렸습니다.

"앞으로도 르노와 혼자서 사진을 찍을 수 있을지 불안하니까, 이번엔 셔터를 누를 때까지 같이 있어줄게."

──라고.

······응? 앞으로도?

라는 건?

"저기, 무슨 뜻인가요?"

"······아니, 말 그대로의 의미인데."

그녀는 말했습니다. 조금 부끄러워하는 것 같았습니다.

"그거, 호반의 마녀가 만들어준 카메라야. 심심해 보이기에 내가 쓰는 마법과 비슷한 카메라를 만들 수 없을지 말을 해봤거든.

그래서, 너를 위해 만들어준 게 그거."

"……!"

세상에……!

"그것만 있으면, 언제든 나처럼 사진을 찍을 수 있어. 뭐, 앞으로 손님과 사진을 찍고 싶어지면 쓰면 돼. 그러면 손님을 기다리는 한가한 시간에 추억을 돌이켜보는 정도는 할 수 있잖아?"

세세상에……!

"그래서, 이번엔 그 예행연습. 얼른 셔터 눌러."

세세세상에……!

제가 접객 일로 뛰어다니는 사이에 그런 걸 부탁해주었다는 건 전혀 몰랐습니다. 저는 놀라고 기뻐서 무어라 말하면 좋을지도 알 수 없게 되었고 아무튼 감동으로 가슴이 벅찼습니다.

이 얼마나 기쁜 일인가요.

외톨이는 싫다고 이야기한 날의 일을, 그녀는 제대로 기억해주고 있었던 것입니다.

감동으로 울음이 터질 것만 같았습니다.

"어이 어이, 울지 마! 이제부터 기념 촬영을 해야 하잖아."

"아, 알았습니다……! 죄송합니다……!"

꾸욱 눈물을 참고, 저는 셔터에 손가락을 올렸습니다.

그리고 한 번 세게 눌렀습니다.

사진이 찍힐 때까지, 남은 시간은 60초.

"그럼 갈까."

카운트가 시작되자 동시에 그녀는 제 손을 잡고 달려나갔습니다.

긴 것 같으면서도 짧은 60초 사이에 우리가 숙소 앞까지 달려가자, 카에나 님은 저를 한가운데에 세우고 카메라를 바라보았습니다.

좌우로 시선을 보내보니, 그녀들은 하나같이 어깨에서 힘을 빼고 미소 짓고 있었습니다.

그래서 저도 그녀들과 마찬가지로, 웃었습니다. 앞으로도 쭉, 길고 긴 시간을 보내는 이 숙소에서 변함없는 날들을 보낼 수 있기를 기도하면서.

추억으로 가득한, 이 용의 등 위에서.

두 학생의 역사 탐방

"오오! 이거 괜찮을지도 모르겠어요!"

——그날, 나는 이제 막 완성된 원고를 들고서 눈을 빛냈습니다.

이동식 숙소 르노와에 묵고, 평온한 날들을 보낸 지 며칠 후의 일. 매우 평범한 숙소의 라운지에서 갑자기 큰 소리를 지른 나는 당연하게도 주변의 시선을 모았습니다. 신문을 읽고 있던 숙박객은 이상하다는 얼굴로 바라보았고, 접수처 직원은 키득 웃었고, 그리고 여행 짝꿍인 리나리아 씨는 큰 한숨을 내쉬기에 이르렀습니다.

"아르테. 조금 더 조용할 수 없겠어?"

그런 눈으로 보지 말아주세요…….

"미안해요…… 조금 흥분해서."

"이런 공공장소에서 큰소리를 내는 거, 너밖에 없을걸."

리나리아 씨는 오늘도 뾰족뾰족합니다.

"그렇게 말해도 이 나라 사람들은 모두 태평하고, 큰 소리를 내도 그다지 신경 쓰는 기색이 없다고 할까……."

가게 안을 둘러보는 한, 접수 직원은 홍차를 마시면서 느긋하게 일을 하고 있고, 가게 밖을 보면 근처 잡화점에서 점원들끼리 잡담으로 이야기꽃을 피우고 있습니다. 이곳은 아무래도 상당히 밝은, 바꿔 말하자면 전체적으로 분위기가 부드러운 나라인 것 같습니다.

"너나 주변 사람들이 신경 쓰지 않아도 나는 신경 쓰이거든."

"리나리아 씨는 이 나라 사람이 아니잖아요."

"뭐?"

"죄송합니다."

"그나저나 뭘 쓴 거야?"

고개를 갸웃거리는 리나리아 씨.

"상당히 진지하게 쓰는 것 같던데."

"네. 바로 얼마 전에 이동식 숙소에서 들은 이야기 내용을 정리해봤어요."

나는 이제 막 완성한 종이 다발을 정리해 리나리아 씨에게 건네며 말했습니다. 이동식 숙소에서 숙소 주인이 들려준 이야기를 내 나름의 문장으로 정리해 보았던 것입니다.

아주 길고, 그러나 잊히지 않는 이야기였기 때문에 이렇게 기록으로 남겨야겠다고 생각했습니다.

"역시 사람이 있는 곳에 이야기가 있다는 느낌이네요. 괜찮은 느낌으로 쓸 수 있었던 것 같아요!"

예전부터 어떤 여행자의 수기라는 것은 이렇게 자아져온 것일까요? 분명 책을 내는 여행자 대부분이, 만남과 이별 속에서 잊고 싶지 않은 이야기를 지금의 나처럼 기록으로 남겨온 것일 테지요.

"어쩐지 여행자라는 삶의 방식의 매력을 깨달은 것 같은 기분이에요……."

후후후…… 하고 팔짱을 끼면서 웃음을 흘리는 나.

혹시 나는 문학적 재능이 있는 게 아닌지? 하고 조금 생각했을 정도입니다. 칭찬해줘 칭찬해줘 하고 눈을 빛내며 리나리아 씨의 반응을 살폈습니다.

그녀는 "흐응……" 하는 목소리를 내고서 한마디.

"뭐, 괜찮은 것 같은데."

어라?

"그것뿐인가요?! 좀 더 이렇게…… 뭔가 없나요?!"

"뭔가라고 한들…… 나, 이런 류의 책은 이미 많이 읽어본걸. 뭐 괜찮지 않아? 처음치고는 훌륭하다고 생각해."

"뭘 그렇게 잘난 듯이……!"

"그나저나 이거 내가 가져도 돼?"

"어? 안 돼요. 열심히 쓴 거니까. 내 기록으로서 남겨둘 셈이거든요."

"……우으."

"뺨을 부풀리며 삐쳐도 소용없어요!"

"그거, 앞으로도 계속할 셈이야?"

"그러네요. 나는 아직 자신의 체험을 재미있게 쓰는 건 못 하니까, 이동식 숙소에서의 이야기를 정리한 것 같은 느낌으로, 지금은 취미나 일 체험담을 모으고 싶다, 하고 생각할 따름이에요."

"그렇구나."

"네."

그런고로.

나는 펜과 종이를 들고 자리에서 일어났습니다.

"그럼 바로 이 나라 사람들에게도 이야기를 들어보죠."

"……왠지 모르게 그런 말을 꺼내지 않을까 싶었어."

이런이런 하고 말하면서 정말이지 싫다는 분위기를 자아내면서 리나리아 씨는 자리에서 일어났습니다. 이러쿵저러쿵하면서도 그녀는 잘 어울려주는 사람이라는 것을 나는 알고 있습니다.

그리하여 우리는 어슬렁어슬렁 숙소의 가게 안에 있는 사람들부터 우선적으로 말을 걸어보기로 했습니다.

먼저 라운지의 소파에 앉아 있던 아저씨. 내가 말을 건 이유는 요약하자면 "예이예이 뭔가 취미나 일 이야기로 재미있는 토크를 피로해주세요"라는 것이었습니다만, 아저씨는 흔쾌히 받아들여 주었습니다.

말하길 아저씨는 7년 정도 전까지 박식한 여자아이를 스토킹했던 과거가 있고, 박식한 여자아이가 무언가 깊은 학식을 피로할때마다 "박식하네……!" 하고 놀라는 이상한 취미를 갖고 있던 시기가 있었다고 합니다.

"그렇군요."

스스스슥! 하고 나는 종이에 펜을 놀리며 정리해 메모했습니다.

왠지 잘 모르겠지만 세상은 넓고 다양한 취미를 가진 분이 있는 것일 테지요.

"이상한 취미……."

뭐 리나리아 씨는 이해가 안 되는 모양입니다만.

그것은 제쳐두고, 아저씨에게 감사 인사를 하고서 우리는 이어 접수 직원 곁으로 척척 걸어가서 마찬가지로 요약하면 대략 "굽신굽신" 같은 내용이 되는 부탁을 해보았습니다.

"그래, 좋아. ……학교 숙제나 뭐 그런 거야?"

방긋방긋 상냥하게 미소 짓는 언니. 어른의 섹시함이 넘치는 그녀의 머리카락은 웨이브 진 금색 롱헤어. 그리고 파란 눈동자의 여성이었습니다.

나는 그녀에게 고개를 끄덕였습니다.

"그러네요. 대략 그런 겁니다."

"거짓말쟁이……."

내 옆에서 나직하게 찌르는 듯한 말이 새어 나왔지만, 나는 완전히 무시했습니다.

마침 그 타이밍에 언니가 "그러니까——" 하고 입을 열었던 것입니다.

"내가 이 일을 시작한 계기는…… 사람과 관계된 일을 하고 싶었기 때문, 이려나?"

사람과 관계된 일.

"……그건 어떤 일이든 마찬가지 아닌가요?"

갸우뚱, 내 고개가 기울었습니다. 비스듬한 시선 속에서 접수처 직원은 부드럽게 웃었습니다.

"그러네. 옛날에 비슷한 말을 들은 적 있어."

"뭔가 다른 이유가 더 있나요?"

재미있는 이야기여도 좋습니다만?

하고 묻는 나.

직원분은 여전히 웃고 있었습니다.

"그러네——."

느긋하게 생각하는 듯한 기색을 보이고서, 어디에서나 파는 시판품인 홍차를 손에 들고, 그리고 그녀는 말했습니다.

"그리고 일을 하면서 홍차를 마시고 싶었기 때문이려나."

아주 기뻐 보이는 얼굴로, 말했습니다.

그 말의 의미는 대체 무엇일까요? 나는 질문했습니다. 그녀의 말에서 무언가 재미있어 보이는 이야기의 기척을 느꼈던 것입니다.

왠지 모를 확신이 있었습니다.

분명 그녀가 이제부터 들려줄 이야기는 아주 길고, 하지만 기억으로 남기고 싶어지는 이야기일 거라고 생각했습니다.

그녀가 앉은 데스크 옆.

어디선가 본 사진과 아주 똑같은 것이, 소중하게 장식되어 있었으니까요.

투서 담당자 마법사 일레이나 씨의 고민

그때의 기분에 따라 마법 총괄 협회의 일을 돕기 시작하고 얼마쯤 시간이 흘렀습니다.

오늘은 평소보다 아주 조금 제 일에 기합이 들어가 있었습니다.

"후후후후후……."

저는 익숙한 손놀림으로 투서의 산속에서 고민을 픽업해서 픽큐 했습니다. 결국 픽큐가 어떠한 의미인지 잘 모르겠지만 뭐 이제 어찌 되든 상관없습니다.

왜냐하면 오늘은 마지막 날.

마법 총괄 협회에서의 일은 오늘로 끝입니다.

"그것참, 하지만 이렇게 지나고 보니 왠지 조금 서운하네요."

저는 마음으로 전혀 생각하고 있지 않은 것을 소리 내 말하면서 일에 열중했습니다. 마지막 날이라 기분이 둥실둥실합니다.

돌이켜보면 긴 듯도 짧은 듯도 하지만 뭐 역시 꽤 긴 날들이었습니다.

저는 역시 여행을 하면서 어슬렁어슬렁 지내는 일상 쪽이 성격에 맞는 것 같습니다.

온종일 의자에 앉아서 산더미 같은 일과 마주하는 날들이라는 것도 신선하다는 면에서 말하자면 충실한 날들이었는지도 모르겠지만, 아마도 어슬렁어슬렁 바깥세상을 방랑하는 편이 제 성격에는 맞는 것일 테지요.

"헬로, 일레이나 씨. 오늘이 마지막 날이야! 힘내!"

지나가면서 툭 하고 제 어깨를 두드린 것은 함께 일하는 동료. 언제나 도넛을 먹기만 하는 포용력 넘치는 투서 담당자님입니다.

저는 그녀에게 손을 흔들면서 빵을 우물우물 씹었습니다.

그리고서 하루는 흐르듯이 지나갔습니다. 아마도 첫 하루가 가장 길었던 것일 테지요. 같은 일을 반복하다 보면 역시 하루의 체감 시간은 나름대로 짧아지는 법입니다.

깨닫고 보니 퇴근 시간이 되어 있었습니다.

"……의외로 싱거웠네요."

뭔가 특별한 일이 생길지도 모른다고 살짝 마음의 준비를 하며 일을 했는데 맥이 풀리고 말았습니다.

제 일은 마지막 날이라고 해도 앞으로도 아직 투서 담당자의 일은 계속되고, 요컨대 오늘은 반복하는 매일 중의 하루에 지나지 않았기 때문에 당연하다면 당연한 일이겠지만요.

"뭐, 뭐가 어찌 됐든, 이걸로 끝이네요."

그것참 지쳤습니다 하고 저는 쭈욱 기지개를 켰습니다.

일이 끝났으면 얼른 돌아가기로 하죠── 왠지 모르게 오늘이 마지막 날이라서인지 서둘러 돌아가지 않으면 뭔가에 휘말릴 것만 같았습니다.

맥이 풀렸다고는 해도, 집에 돌아갈 때까지 마음을 놓을 수는 없습니다.

저는 바로 일어났습니다.

그 직후였습니다.

"당신, 일레이나 씨죠?"

온화한 목소리와 함께 툭 쳐진 제 어깨.

깜짝 놀라면서 돌아보니, 거기에는 목소리와 마찬가지로 온화한 표정을 지은 여성의 모습이 있었습니다.

서둘러 돌아가려 했던 저는 왠지 모르게 뒤가 켕기는 마음을 품으면서 그녀의 눈에서 시선을 돌렸습니다. 가슴께에 마법 총괄협회의 이 나라 지부 대표를 나타내는 명찰이 달려 있는 것이 눈에 들어와 저는 더더욱 마음이 불편해졌습니다.

혹시 저 뭔가 저질렀습니까?

고개를 갸웃거리는 제게 대표님은 말했습니다.

"잠깐 이쪽으로 오세요. 당신에게 할 이야기가 있어요."

라고 합니다.

우와아 귀찮을 것 같은 예감.

○

그리하여 이 나라의 지부 대표님에게 안내받아 간 곳은 응접실이었습니다.

제게 소파에 앉으라고 권하더니, 그녀는 맞은편 자리에 앉아 한숨을 한 번. 그리고서 씁쓸한 표정을 짓고 으음…… 하고 낮은 목소리로 신음했습니다.

뭘까요?

적어도 헬프 일을 치하하는 분위기는 아니라는 것만큼은 확실합니다.

그리고서 제가 그녀의 말을 기다리며 살짝 고개를 기울이고 있자니, 이윽고, 다시, 으음…… 하고 낮게 신음한 다음에, 매우 면목 없다는 표정을 지으면서 그녀는 말했습니다.

"저기…… 일레이나 씨."

"네."

"일주일만 더 있어줄 수 있을까요?"

"네?"

응? 뭐라고?

일주일 더?

잘못 들은 걸까요?

"투서 담당 일, 일주일만 더 해보지 않을래요?"

잘못 들은 게 아니었나 봅니다.

"어, 아니…… 그건 좀."

당연하지만 저는 완곡하게 거절했습니다.

"부디 어떻게 좀! 이렇게!"

깊고 깊게 고개를 숙이는 대표님.

한번 부드럽게 거절한 정도로 물러날 수 있을 만한 요건이라면 애초에 일부러 대표님이 직접 나서서 부탁 같은 걸 하지 않을 테죠.

저와 얼굴을 직접 마주하는 건 상당히 다급한 상황이라는 뜻일 테죠.

"실은 일손 부족이 전혀 해소되지 않아서…… 지금의 투서 시스템을 손봐서, 상담 접수를 제한하는 중이에요. 조금만 더 있으면 투서 담당자의 부담도 가벼워질 테니까…… 그때까지, 일주일만! 부탁할 수 없을까요?"

역시.

"……그런 말씀을 하신들."

저는 여행자입니다.

지나친 기대는 곤란합니다.

애초에 저 슬슬 다시 여행을 하고 싶습니다만.

"부탁해요! 다른 직원 아이들도 당신을 대단히 높게 평가하고 있어요!"

"아니 평가받고 있다고 말씀하신들."

"그리고 주변 투서 담당자에게 폐를 끼쳤던 직원을 혼내준 것도 당신이죠?"

"들킨 겁니까."

"당신 소문을 흘렸던 아이, 그 아이 말이죠, 다른 아이 일을 방해하고 다녀서 직원들한테서도 불만이 들어왔었어요. 잘해줬어요."

"네에……. 그거 감사합니다."

"그런고로 일주일 더, 어때요?"

"그건 싫습니다만……."

"부탁해요! 앞으로 일주일만 더 일해주면, 특별 허가증을 줄게요."

"특별 허가증이라니 뭔가요?"

"우리 시설 일부에 언제든 들어갈 수 있는 허가증. 식당이나 라운지나 도서관을 쓸 수 있어요."

호오오?

"그런 대단한 걸, 가볍게 줘도 괜찮은 건가요?"

"그만큼 당신은 마법 총괄 협회의 신규 사업에 공헌하고 있다는 거죠."

"흐으음……."

평가받는 것 자체는 나쁜 기분은 들지 않았습니다. 게다가 특별 허가증이라는 물건의 존재도 매우 궁금합니다.

추가로 일주일 동안 일하기.

특별 허가증.

제 머릿속에서 천칭이 흔들렸습니다.

현시점에서도 마녀의 브로치를 하고 있는 것만으로도 마녀라는 증명은 쉽습니다만, 앞으로 특별 허가증을 가지고 다니면 마법 총괄 협회 상대로도 어느 정도 얼굴이 통하게 된다는 것이 아닐까요?

이미 몇 명인가 협회 내부에 지인은 있지만, 앞으로는 더욱 정보 수집이 용이해진다는 것이 아닐까요?

그건 즉, 마법 총괄 협회와의 커넥션이 마법 총괄 협회에 소속하는 일 없이 손에 들어온다는 것입니다.

귀찮은 일을 일주일 동안 참기만 하면.

"……흐음."

과연 그렇군요, 아니 하지만.

"일주일만이라고 해도, 그래도 힘든 일이라는 것은 사실이라……."

조금만 더 힘써보시죠 하는 의도를 담아서 저는 대표님을 올려다보았습니다.

협회 대표님은 곧바로 눈을 부릅떴습니다.

"그럼 급료를 지금의 세 배로 올려줄게요!"

"하겠습니다."

"좋았어!"

그리하여 저는 협회 대표님과 굳은 악수를 나누었습니다.

어쩐지 보기 좋게 이용당하고 만 느낌도 있습니다만, 그러나 앞으로 아주 조금만 참으면 저에게 있어서도 편리한 것이 손에 들어오는 것입니다.

저와 협회 대표님은 그렇게 서로 상대를 이용할 마음으로 가득해서 "우후후후후" 하고 메마른 웃음을 흘렸습니다.

자, 그럼. 성가신 일은 내일 이후의 제게 기대하고, 오늘의 저는 일단 쉬기로 하지요.

기력을 보충해야만 하니까요.

제 일은 앞으로도 아직 더 계속되니까요.

후기

여러분이 대학생 시절, 일부러 편의점에서 물을 사서 마시는 조금 의식 높은 느낌의 동급생은 없었을까.

내 학생 시절에도 그런 류의 인간은 당연하게도 있었다. 그러나 언제나 나는 그런 그들을 보면서 애초에 수도꼭지를 틀면 바로 나오는 것에 돈을 쓰다니 어떻게 된 거야? 하는 지극히 온당한 의문을 품고 있었다.

이 의문에 대한 그들의 답이 이것이다.

"아니, 이러니저러니 해도 일단 물이 맛있거든."

물맛이 뭐 얼마나 다르다는 거냐?

그리고 이러한 반응도 있었다.

"아니 그게, 수돗물은 맛없다니까."

나는 돈을 내고 물을 사는 이유를 물었는데?

아무튼 애초에 그들의 말을 이해하지 못하고, "아마도 물을 사 마시면 멋있다고 생각하는 거겠지"라며, 당시 조금 성격이 썩어 있던 나는 빛나는 미래를 향해서 약진하고 있는 그들을 바라보면서 그런 식으로 생각했었다.

편의점에 가면 온갖 다양한 음료가 진열되어 있는 세상.

그런 중에 일부러 물을 사다니 내 생애엔 없으리라 생각했다.

그리고서 몇 년이 지난 지금, 나는 매우 고민 중인 것이 있다.

"하아…… 워터 서버 갖고 싶어……."

네.

몇 년 전에 편의점에서 물을 사던 동급생들을 "의식 높은 부류"라며 비웃었던 주제에, 시치미 뗀 얼굴로 워터 서버의 인터넷 판매 사이트를 비교하고 있다. 이 염치없는 놈.

그건, 요즘 시대에 맞춰 역시 미각을 소중히 해야만 한다는 의식이 내 안에서 싹트고 있었고, 그런 중에 물로 입안을 정돈한 후에 식사를 하면 맛있습니다! 결코 "이러니저러니 해도 물이 맛있다" 같은 그런 이론을 내세울 마음은 전혀 없지만── 이러니저러니 해도 물이 맛있어! 동급생 미안! 하고 어른이 되고서 깊게 반성했습니다. 맛있는 물로 매일이 행복해.

그런고로 이사하면 워터 서버를 사자 하고 생각하고 있습니다.

내 과거의 발언을 아는 동급생에게 "너 매번 편의점에서 물을 사는 녀석들을 '매일 별로 고생스러운 일도 하지 않았으면서 고생했어가 입버릇인 사람'이라느니 하지 않았던가?" 하고 지적받으면 이제 무릎을 꿇고 빌 수밖에 없다.

딱히 이건 특정 건에 대한 발언이 아니지만, 과거의 발언이 들춰져서 여러 사람에게 환멸 받는다고 하는 일이 늘고 있지 않습니까? 하지만 사람은 어른이 되면 물을 마시고 맛있다고 생각하게 되는 생물입니다(일단 만약을 위해 말해두겠습니다만 특정 누군가를 감싸는 발언이 아닙니다. 과거의 발언도 정도에 따라 다르고요. 하지만 물 마시던 사람들을 바보 취급했던 과거의 나는 용서해줘…… 부탁이야……. 앞으로 물 많이 살 테니까……).

그런고로 『마녀의 여행』 18권이었습니다.

여러 가지로 이야기하고 싶은 게 있는지라 간단히 각화 코멘트를 시작하겠습니다. 늘 그렇듯이 아직 본문을 읽지 않으신 분은 앞으로 돌아가 주십시오!

●투서화 1 『전혀 줄지 않는 투서 이야기』

이것은 애니메이트의 책자로 썼던 쇼트 스토리를 다시 쓴 것입니다. 18권의 사이사이에 이런 이야기를 끼워 넣으면 재미있을지도? 하고 이 이야기를 쓴 후에 생각했고, 결국 그런 식의 구성으로 이번 권은 완성되었습니다. 애니메이트에서 일을 받을 수 있어 감사하네요. 헤헤헤(아부).

●제1장 『흡혈귀들의 만찬』

자매끼리의 이야기입니다. 귀향 도중인 오로넬라 자매와 새로운 고향을 찾고 있는 암네시아 자매의 만남 이야기를 쓰고 싶다고 줄곧 생각했습니다만 좀처럼 기회가 없어서 말이죠…….

상당히 신이 나서 쓴 이야기였습니다. 손 인형 탐정이라는 캐릭터는 단발로 내보내기엔 아깝잖아요. 비주얼도 귀엽고요.

●투서화 2 『어느 협회 직원의 고민』

미나가 메인인 이야기입니다. 언제나와 같은 미나와 사야 자매 이야기였습니다.

●제2장 『불사신의 무료함』

의외라 생각한 분도 있을지 모르겠습니다만 마트리시카 씨가 메인인 이야기입니다. 아니, 애초에 마트리시카 씨가 루세라 씨 일행이 사는 곳으로 향하는 건 '불사의 병'의 마무리 부분에서도 이야기했었으니까요. 드디어 쓸 수 있어 안심했습니다…….

●투서화 3『금연을 권하는 세상의 풍조에 대한 짜증을 참을 수 없다』

제목이 긴 시점에서 이미 왠지 모르게 안절부절못하는 실라 씨의 이야기. 요즘은 일본도 흡연 장소는 완전히 자취를 감추었습니다. 찻집에 가면 원래 흡연석이었던 곳은 상당히 비어 있거나 해서 냄새에 둔감한 저는 상당히 도움을 받고 있습니다.

●제3장『아주 조금 어른이 된 날.』

계속해서 미나가 메인인 이야기입니다. 물을 사 마셨던 동급생을 비웃었던 과거가 있는 저로서는 역시 사람은 계속해서 변하는 존재고, 사람에게 해야 할 말은 그때마다 달라지는 것이라고 생각합니다.

사람과 마찬가지로 말도 살아 있는 건지도 모르겠습니다. 말하는 사람, 듣는 사람에 따라서 어떠한 형태로도 달라지는 것입니다. 뾰족하기도 하고, 부드럽기도 하고, 썩기도 하고, 신선하기도 하고, 여러 가지.

●투서화 4『여행하는 마녀의 사소한 고민』

요즘 인터넷에서 정보를 찾다 보면 "어떠십니까?" 같은 대사를 지껄이는 사이트만 나오고 원하는 정보를 찾지 못하는 것과 마찬가지로, 화제의 뉴스가 있어도 뉴스에 반응하는 사람의 정보뿐. 정작 중요한 정보 그 자체의 진의가 좀처럼 보이지 않는 경우가 많지 않습니까? 그래서 파고 파고 판 끝에 발견한 정보가 그다지 시끄러워질 만한 내용이 아니었을 때의 허탈한 느낌이란. 애니메이션 같은 데서 자주 나오는 "그 애, 남자를 계속 바꿔가며 만난다나 봐……" 하고 소문이 나 있는 문제아 계통의 여학생이 대화를 나눠보니 상당히 순수한 캐릭터였던 때와 같은 충격을 매번 받고 있습니다. 인생은 즐거워.

　●제4장『용의 등 위에서』

　의욕을 내며 쓴 끝에 엄청나게 긴 이야기가 되어버렸습니다. 프레데리카의 눈을 고치는 이야기도 오래전부터 생각하고 있던 것으로, 이 타이밍에 넣을 수 있었던 것은 정말로 기쁜 일이었습니다. 그보다 이렇게 긴 이야기는 이번 권과 같은 구성이 아니면 쓸 수 없었던 것이라 정말로 18권은 일레이나 이외의 캐릭터가 메인인 권으로 하길 잘했다고 생각하고 있습니다.

　●투서화 5『아직도 전혀 줄지 않는 투서 이야기』

　여기서 이야기한 대로, 사실은 다음 권으로 이어지는 느낌의 이야기였습니다.

　뭐? 조만간『마녀의 여행』끝나는 거야? 같은 반응을 요즘 들어 가끔 봅니다만(주로 18권 예고에서 과거 캐릭터가 잔뜩 나온다고 알렸을 무렵부터), 현재 완결 예정은 딱히 생각하고 있지 않습니다. 아니, 이미 20권 정도까지는 대략적인 플롯도 완성되어 있기 때문에 열심히 써야 한다는 생각에 위가 아픈 매일입니다. 참고로 21권도 대략 정해져가고 있습니다. 22권 이후는 뭐 언젠가 때가 되면 소재가 떠오르겠지……하고 낙관하고 있습니다. 평소보다 훨씬 미래의 예정까지 짜여져 있는 것에 남몰래 감동하고 있는 시라이시 죠우기.

뭐 애초에 이번 18권에 이르기까지『마녀의 여행』엔 다양한 캐릭터들이 나오고 있습니다만, "이 소재 하고 싶어!" "이 애 다시 한번 내보내고 싶어!" 그런 바람을 매 권 거듭해 쌓아왔습니다. 그러나 책의 균형을 생각하거나, 스토리의 흐름을 정리하는 중에 기존 캐릭터를 다시 내보이는 이야기라는 건 좀처럼 타이밍을 잡기가 어려워서, 극히 일부의 캐릭터밖에 재등장시키지 못했습니다.

그러던 때 17권에서 한 권 통째로 하나의 나라라는 상당히 시계열 정리에 머리를 쓰는 느낌의 내용을 쓰면서 피폐해진 저는 "여기서 과거 캐릭터를 내보내는 이야기를 정리해서 하면 좋지 않을까?" 하는 생각에 이르렀던 것입니다. 거기에 18권이 나오는 타이밍에 리리엘도 나오니, 양쪽에서 새로운 캐릭터가 대량으로 나오면 상당히 복잡해질 것 같다는 염려도 있어서, 마음먹고 과거 캐릭터들의 그 후 이야기를 모아서 플롯으로 쓰기로 했습니다.

이번 권은 그런 이유로, 다시 돌이켜보는 여행 이야기라는 테마로 썼습니다. 참고로 준비한 플롯의 절반도 소화하지 못했습니다. 위험해. 다음 19권도 이 캐릭터와 저 캐릭터 등등 많이 나오는 권이 되리라 생각합니다. 기대해주세요!

그런고로『마녀의 여행』18권이었습니다. 이번에도 고맙습니다.

이번엔『마녀의 여행』과 함께『기도의 나라의 리리엘』도 동시 발매됩니다.

이 후기를 다 쓴 뒤에 1장부터 다시 '리리엘'의 이야기를 써나갈 셈입니다.

18권과 함께 읽어주신다면 기쁘겠습니다.

『마녀의 여행』 1권에서 썼듯이, 책장에 나란히 꽂아주신다면, 뭔가 좋은 일이 있을지도.

그런고로, 시라이시 죠우기였습니다. 감사 인사와 여러 가지로 말하고 싶은 것은 아직 많이 있습니다만, 자세한 이야기는 '리리엘' 쪽의 후기에서 할 수 있으면 좋겠네요.

아무튼, 다시 '리리엘'을 쓸 수 있게 되어 기쁘기 그지없습니다.

그럼 다음 『마녀의 여행』 19권이나, 『기도의 나라의 리리엘』이나, 그 외에 어디선가 만나죠!

앞으로도 오랫동안 잘 부탁드립니다!

MAJO NO TABITABI 18

Copyright ⓒ 2022 by Jougi Shiraishi

Illustrations Copyright ⓒ 2022 by Azure

All rights reserved
Original Japanese edition published in 2022 by SB Creative Corp.
Korean translation rights arranged with SB Creative Corp., Tokyo
through Eric Yang Agency Co., Seoul.
Korean translation rights ⓒ 2024 by Somy Media, Inc.

[마녀의 여행 18]

2024년 6월 15일 1판 1쇄 발행

저　　　　자 시라이시 죠우기
일 러 스 트 아즈루
옮 긴 이 이신
발　행　인 유재옥
담 당 편 집 정영길

부　사　장 이왕호
이　　　　사 조병권
출판본부장 박광운
편 집　1 팀 박광운 최서영
편 집　2 팀 정영길 조찬희 박치우 정지원
편 집　3 팀 오준영 이소의 권진영
디자인랩팀 김보라 박민솔
디지털사업팀 박상섭 김지연 윤희진
라이츠사업팀 김정미 맹미영 이윤서
영업마케팅팀 최원석 박수진 이다은
물　류　팀 허석용 백철기
경영지원팀 최정연
인쇄제작처 ㈜코리아피엔피
발　행　처 ㈜소미미디어
등　　　록 제2015-000008호
주　　　소 서울시 마포구 토정로222, 502호 (신수동, 한국출판콘텐츠센터)
판매 및 마케팅 (070) 8822-2301

ISBN 979-11-384-2774-6
ISBN 979-11-5710-752-0 (세트)